林小静 著

流沙

山西出版传媒集团　　山西经济出版社

图书在版编目（CIP）数据

流沙 / 林小静著. -- 太原：山西经济出版社，
2023.5
ISBN 978-7-5577-1125-2

Ⅰ.①流… Ⅱ.①林… Ⅲ.①纪实文学—中国—当代
Ⅳ.①I25

中国国家版本图书馆CIP数据核字（2023）第041792号

流沙

著　　者：林小静
出 版 人：张宝东
项目总监：李慧平
责任编辑：解荣慧
装帧设计：赵　娜
责任印制：李　健

出 版 者：山西出版传媒集团·山西经济出版社
地　　址：太原市建设南路21号
邮　　编：030012
电　　话：0351-4922133　（市场部）
　　　　　0351-4922085　（总编室）
E-m a i l：scb@sxjjcb.com（市场部）
　　　　　zbs@sxjjcb.com（总编室）

经 销 者：山西出版传媒集团·山西经济出版社
承 印 者：山西出版传媒集团·山西人民印刷有限责任公司

开　　本：787mm×1092mm　1/16
印　　张：17.25
字　　数：194千字
版　　次：2023年5月　第1版
印　　次：2023年5月　第1次印刷
书　　号：ISBN 978-7-5577-1125-2
定　　价：78.00元

朝鲜战争打胜仗，一半功劳归前方浴血奋战的同志，另一半功劳归负责维护交通、保证供给的同志，他们也是在冒着敌人的狂轰滥炸，天天在拼搏。

——彭德怀

我想把他们"找"回来

（代序）

1950年，一场战争震惊了世界，众所周知，这就是伟大的抗美援朝战争。在这场战争中，中国人民志愿军不仅保卫了祖国，援助了邻邦朝鲜，维护了亚洲安定与世界和平，还展示了新中国的国威和军威。

1950年6月25日，朝鲜战争爆发。当时新中国成立不久，全国人民正以高昂的政治热情和崭新的姿态开始建设新中国。然而就在9月，以美国拼凑的所谓联合国军在朝鲜仁川港登陆。不久，战火烧到了鸭绿江畔，我国的边境屡遭突袭。

中朝两国，隔江相望，一衣带水。

1950年10月，应朝鲜民主主义人民共和国政府请求，中共中央和中央人民政府毅然做出"抗美援朝、保家卫国"的战略决策，迅速组成中国人民志愿军，于10月下旬进入朝鲜，和朝鲜人民军并肩作战。

中国人民志愿军入朝后，作战物资主要靠国内供应。战争初期，火车、汽车、马车、手推车，各种交通运输工具都派上了战场。随着志愿军部队的战线越拉越长，不仅前方部队所需的弹药无法及时运上去，就连战士们所需的口粮也难以为继。当1950

年冬天到来的时候，有的志愿军战士在-30℃以下的冰天雪地里，穿着单衣，一口雪、一口炒面地与敌人作战。有的战士因衣着单薄，食物不足，被冻伤，甚至有的战士保持着战斗姿势被冻死在阵地上，还有的部队不得不奉命撤退。

1950年12月23日，志愿军司令员彭德怀致电东北局并报中央，提出：若无火车运输，汽车白天又不能行驶，要想支持数十万军队继续南进作战是困难的，甚至是不可能的。

当时，朝鲜北部的铁路，大多已被敌人炸毁，要想利用火车运输，就必须先抢修被炸毁的铁路线。

1951年1月，在前期已经入朝的铁道兵团的基础上，由中国铁路工人组成的志愿援朝工程队，相继入朝，投入朝鲜境内的铁路抢修中。

随着入朝的铁路工人与铁道兵团战士齐心抢修，被炸毁的铁道线开始修复并向前推进。此时，敌人便开始把轰炸的目标转向了铁路，加紧对钢铁运输线的破坏，并对铁路桥梁实施有计划的袭击。

在敌人的狂轰滥炸下，有着伟大爱国主义精神的铁路工人和铁道兵团的战士一起，不畏流血牺牲，全力保证铁路随炸随修，及时通车。可即便如此，随着战线持续拉长，入朝志愿军战士增多，供给需求加大，运往前线的物资仍出现不足的现象，直接影响着战争的走向。

在祖国的召唤下，更多的铁路工人，从全国各地出发、集结，在一个个炮火隆隆的夜晚，跨过鸭绿江，进入朝鲜，加入铁路抢修和物资抢运的队伍中，有效减少了前方战场上粮食和弹药不足的现象。

1951年8月18日，以美国为首的"联合国军"开始实施大规模的"空中绞杀战"，每天出动200多架飞机，对所有铁路设施和行驶中的列车进行轰炸，企图用这种方式在90天内摧毁朝鲜北部的铁路系统，完全切断我志愿军的一切供给，以达到阻拦我铁道运输，让前方志愿军部队无粮草、无弹药，断炊断粮、荷枪虚弹的目的。有资料显示，当时，在平均每7米长的铁路线上，就有敌人投下的一枚炸弹。而在一些重要的交通枢纽地段，敌人投下的炸弹，更是密集，以此来杀伤抢修铁路和运输物资的人员。也是在这时，朝鲜遭遇了40年不遇的特大洪水灾害，94座铁路大桥被冲毁，上百处铁路线被冲断。

上有敌机，下有洪水，一线志愿军部队的粮食和弹药存量此时仅能维持3—6天，有的部队可能面临断炊。在这种情况下，负责抢修铁路设施的铁路工人和铁道兵团战士付出了惨痛的伤亡代价，难以满足前线战场需要。

1951年9月7日，彭德怀司令员在给中央军委代总参谋长聂荣臻的电报中写道："早晚秋风袭人，战士单着，近旬病员大增，洪水冲，敌机炸，桥断路崩，存物已空，粮食感困难，冬衣如何适时运到，在在逼人。"

就在电报发出的第二天，美军又开始对新安州、价川、西浦"三角地区"70多公里的铁路线进行集中轰炸，平均每天轰炸100多次。不久，京义线317公里地段，也在短时间内遭到敌机

700多次轰炸。

当然，这还不是全部数字。据统计，在近三年的抗美援朝中，仅朝鲜铁道军事管理总局管区内，由于敌人进行无间隙轰炸，桥梁被破坏1606座次、铁路线15564处次、车站3747处次、机车1058台次、车辆12282辆次、隧道89座次。

就是在这样严峻的情况下，又有数以万计的铁路工人前赴后继，进入朝鲜，与铁道兵团的战士一起冒着敌人的轰炸，你炸我修、随炸随修、再炸再修，英勇顽强地抢修铁路、保证运输，用鲜血和生命筑起了一条"打不烂、炸不断的钢铁运输线"，使战斗在朝鲜的志愿军部队粮食、弹药充足。

根据有关数据显示，抗美援朝期间，在铁道线上参战的人数最多时达15万余人。虽然他们没有直接与敌人面对面搏斗，但是在志愿军的后方，筑起了一条铁血大动脉，将前方战场所需要的385234辆车物资源源不断地运上去，有力地打击了敌人。为此，他们中间有3231人光荣负伤，1705人壮烈牺牲。

穿过战争的硝烟，我们似乎还可以看到几乎每一根枕木、每一块道砟、每一米铁路线、每一台机车上，都洒满了这些铁路工人和铁道兵团战士的鲜血。当年，为了祖国的安宁，他们一次次用血肉之躯扑向被炸毁的铁路，让敌人对铁路运输线的每一次轰炸，都失去了意义。就连美国"空中绞杀战"的倡导者及执行者最终都不得不承认，海陆空"全力摧毁朝鲜的共军供应线"的图谋，已"彻底失败"，"共产党的筑路人员，已彻底粉碎了我们的封锁……并取得了使用所有铁路干线的权力"。

如今，距离那场伟大战争的爆发，已过去了73年。

70多个岁月，弹指一挥，匆匆而逝。抚今追昔，我们忘不了那些冲锋陷阵、奋勇杀敌、坚守阵地、英勇牺牲的志愿军战士，他们，永远是我们心目中"最可爱的人"。

我们也忘不了那些志愿入朝的铁路工人，他们和铁道兵团的战士们一起，像一支隐形的部队，守护在那一寸寸钢轨旁和一列列飞驰的列车上。

彭德怀曾高度评价他们："朝鲜战争打胜仗，一半功劳归前方浴血奋战的同志，另一半功劳归负责维护交通、保证供给的同志，他们也是在冒着敌人的狂轰滥炸，天天在拼搏。"

71年后的今天，那些曾经参加过抗美援朝战争的铁路工人，有的已步入耄耋之年，有的离开人世。可他们的故事，不能被忘记。所以，我想把他们"找"回来。

当然，完全找回来，是不可能的，因为毕竟大多数老同志记忆力都出现了衰退。但我想，哪怕能找回来一个、两个、三个，能从一个人、两个人、三个人的身上，去了解在那场伟大战争中铁路工人的平凡事迹，也是一件有意义的事。

于是，自2020年起，我便开始寻找当年参与抗美援朝的铁路老同志。在走访之初，我所获得的信息极为有限，偶尔得知一两位老同志的信息，赶去之后才知道对方已经去世了，再加上手头工作比较多，便准备暂时搁置这个计划。而就在这时，我听到了一位老同志的故事。这位老同志是山西太原人，当时躺在医院的病床上已经有一周时间了，每天靠营养液维持生命。他告诉同病房的病友，自己这么硬撑着，就是想替当年牺牲在朝鲜的那些铁路工友亲眼看一看、亲手摸一摸国家颁发的那枚"中国人民志愿军抗美援朝出国作战70周年"纪念章。

我听到这个故事的时候，眼眶一下子湿润了——多么可爱的人啊！

我下定决心，即便有再大的困难，也要寻找并走访那些目前健在的老同志。

恰在此时，我所供职的太原铁路局也正在通过一份份人事档案，确定当年参加抗美援朝的老同志名单。2020年8月，在中国人民志愿军抗美援朝出国作战70周年到来前夕，我终于从太原铁路局的离退部门得知山西目前健在的这些老同志有30多人，之所以在这里没有用比较准确的数据来表述到底有多少名健在的老同志，是因为就在我拿到他们名单的时候，又有几位老同志相继去世——这意味着，我手中的这份名单，在一天天缩短。

时间，已经来不及让我再等待了，我必须加快脚步、加快进度去对他们进行抢救性采访，从而为这些古稀老人、为他们一生都未更改的信仰，留存一点儿东西。

于是，我开始与这些健在老同志的子女一一取得联系，希望他们能够同意我拜访其父亲或母亲，并进行采访。

在联系中，许多老同志的后人对我的采访都抱着极大的支持。然而，也有一些老同志，如侯马北机务段的宋耀伦，当年他替同事去了朝鲜，在抢修铁路中受过伤、立过功、拿过奖；又如太原车务段的左鸿学，当年他作为一名医务人员，在敌人发动细菌战期间，多次到朝鲜战场上运输伤员回国；再如湖东车辆段的孙友山，他一边拿起枪与敌人搏斗，一边接通电话线，让前后方电话畅通；还有太原机务段的孟庆余、刘守义，太原工务段的王林录、侯德福、郝孟亥，原平工务段的岳娘锁，太原工务机械段的刘仲琪、要国安，太原电务段的吴凤林、雷祖温和太原北站的霍玉明等老同志，由于年事已高，记忆力减退，无法接受我的采访，这让我和他们的子女，都感到十分遗憾。

但值得庆幸的是，我最终还是采访到了21位老同志。

这21位老同志，是开启当年铁路工人在朝鲜战场上奋勇作战之门的一把钥匙，因此，对每一位老同志的采访机会，我都倍加珍惜。

在他们的讲述中，那场远去的战争宛在昨日：敌机疯狂的轰炸、阿玛尼①愤怒的哭喊，失去生命的孩童、来不及绽放的金达莱花，志愿军战士坚守阵地的悲壮、铁路工人前赴后继抢运物资的情景，一幕幕浮现在我们眼前。

这些老同志的祖籍，分别是山西、河北、辽宁、吉林、黑龙江等地，虽口音不同，但他们的讲述是相同的。据这些老同志回忆，在当年那场关乎新中国命运安危的保家卫国战争中，全国各地的铁路工人都纷纷响应起来，掀起了抗美援朝的热潮。尤其是当中国人民志愿军归国代表团来到铁路工人中做报告时，铁路工人得知志愿军战士在朝鲜战场上取得节节胜利，以及在艰苦条件下与敌人英勇作战的事迹后，心中的爱国热情再次迸发出来。当

---

①阿玛尼是朝鲜文"母亲"的音译。

流沙

代表团的同志讲到敌人在朝鲜所实施的残暴行径时，有的工人捂着脸哭了起来，周围的工友看到后，立刻制止住他们的哭泣，说："哭有什么用，咱们要到战场上，和敌人干到底！"

这些工人听了，擦干眼泪，回到单位立即递交申请，志愿赴朝。他们在报名申请中写道：我们坚决服从组织安排，不怕流血牺牲，坚决完成战时运输任务！并保证：到朝鲜之后，志愿军打到哪里，我们就把给养和弹药送到哪里！

就这样，一批批青年团员、一批批共产党员、一批批技术骨干，告别家中的亲人和同事，有的甚至是瞒着亲人，登上了飞驰的列车，赶到我国的东北边境集结，然后雄赳赳气昂昂地跨过鸭绿江，进入朝鲜战场。

本书所采写的21位老同志，他们的故事有相似之处，又有不同之处：相似的是他们当年都很年轻，有的才十六七岁，或刚加入中国新民主主义青年团，或刚加入中国共产党，且都揣着一颗无比火热的心，一颗保家卫国、誓死打败敌人的心；不同的是他们到了朝鲜战场后，有的成为铁道兵团的战士，有的成为火车司机，有的成为医护人员，有的成为养路工、通信工、检车员、修理工等，虽然被分配在不同的岗位上，但他们都一样冒着敌人的炮火，抢修铁路、抢运物资、抢救伤员。他们身上所表现出来的，都是对祖国最深沉的爱和对朝鲜人民最无私的援助。

他们在给国内的亲人和同事的信中写道：不管前方敌机怎样轰炸，我们都会坚强地完成运输任务，保持我们的光荣称号——打不烂、炸不断的钢铁运输线！

21 位老同志的故事，虽然只是当年数万名赴朝铁路工人中的一小部分，但这些故事，可以让我们触摸到他们这个群体的英勇形象，感受到他们身上的伟大精神。

在采访中，我也从这些老同志的口中得知，当年他们有不少同事都牺牲在朝鲜战场上。其中榆次西站的车号员祁希章，1951 年 3 月告别年迈的父母和临产的妻子，与同事一起从太原出发奔赴朝鲜战场。入朝后，祁希章任元山车站山洞值班站长，每一次都能出色完成任务。1951 年 8 月，敌机再次空袭元山车站，祁希章冒着危险指挥机车隐蔽，在临近山洞的时候，不幸被炸弹击中，鲜血染红了元山车站。太原南站车辆段的检车工吕训子，1951 年夏天与同事志愿赴朝，被安排在安州站工作。在那里，每当列车出现故障时，吕训子总是带头前去抢修，以保证物资能够及时运往前线。1951 年 10 月 16 日的夜里，也就是在他刚到朝鲜没多久的一个深夜，敌人的飞机对他所在的安州站狂轰滥炸。吕训子为了让列车能够及时转移，没来得及隐蔽，被敌机击中，壮烈牺牲。运城电务段的通信工长董长顺，在一次紧急修复电话线的途中，遭到敌人四架飞机围追轰炸，身体被拦腰炸断，当场牺牲……

这些牺牲者，每一个人都让我肃然起敬，都让我有一种为他们创作、讴歌的冲动，但在寻找他们的家人和后人过程中，没有丝毫进展，因此，我只能从健在的老同志口中去获取那仅有的一点点信息。我常常想，如果这些信息能再长一点儿、再多一点儿，那该多好啊！

流沙

　　鉴于这些受访老同志的身体状况欠佳，我的采访有时不能一次完成，有时需要两次、三次，甚至四五次。我在他们慢慢地回忆和讲述中，对照当年朝鲜战争有关资料以及朝鲜战争时朝鲜北部铁道示意图、主要建筑物分布图等资料，对他们的讲述进行了详细的佐证和核实。这花费了大量的时间。

　　有朋友曾问我，花那么大的精力去做这件事情，有意义吗？

　　其实，对每名作者来说，在追寻前辈荣光的道路上，再辛苦的付出，也是有意义的！

　　"苟利国家生死以，岂因祸福避趋之。"是对他们最好的写照。

　　感谢在采访和创作中给予我帮助的每一个人！

　　感谢山西省作家协会给予的大力支持！

　　感谢中国铁路太原局集团有限公司的帮助！

　　感谢中国铁道博物馆与铁道兵纪念馆提供的资料！

　　你们的帮助，是我完成这次创作的动力。

　　最后，让我们再次深深致敬那些为了祖国的安宁而做出英勇牺牲的铁路工人吧。70多年前，他们在党的领导下，不畏流血牺牲，不畏敌人装备强大，毅然决然地投入抗美援朝、保家卫国的行列中，为战争的胜利做出了应有的贡献。70多年来，他们留下的宝贵精神财富，成为我们开展爱国主义教育的生动素材，鼓舞我们向着实现中华民族伟大复兴的中国梦奋勇前进。

林小静

写于山西太原

目　录

背回十二套棉衣

受访人：樊天印

中共党员，山西运城人，退休职工，1930年出生，入朝时21岁。

作为家中的独生子，樊天印瞒着父母，奔赴朝鲜战场，参加到铁路抢运中。1951年的冬天，清川江大桥再次被敌人炸断，为了能够将棉衣送到江对岸，让全班的战友御寒战敌、抢通铁路，在冰天雪地里，樊天印把最后一口炒面留给了同去背棉衣的小战友。

1951年6月下旬的一天，山西运城寺北村口，一名身材中等的年轻人正在与自己的父母告别。年轻人的脸上，表情依稀有些复杂，他几次张口想对父母说些什么，但话刚到嘴边，又都咽了回去。

"去吧孩子，到了沈阳好好学习，不用惦记家里。"与年轻人表情不同的是，他的父母此时却是满面春色。

这名年轻人，叫樊天印，21岁的他，此次离家，与往日不同，这一次，要去的是朝鲜战场。为了不让父母担心，他向双亲隐瞒了实情。

此时的朝鲜，第五次战役刚刚结束。在过去的八个月里，中国人民志愿军和朝鲜人民军在没有制空权、白天行动受限制、技术装备不及对手、粮食弹药运输线常被炸断的情况下，经过五次战役，把以美国为首的"联合国军"从鸭绿江畔打退到了"三八线"附近，收复了朝鲜北半部的领土。

随着第五次战役的结束，战争双方处于战略相持状态，军事斗争和停战谈判交织进行。针对当时的情况，中共中央经与朝鲜劳动党中央商谈后，提出以"充分准备持久作战和争取和谈达到

"结束战争"作为总的战争指导方针。在停战谈判中，美方却提出了无理的要求，遭到了朝中方面的坚决拒绝，于是美方代表扬言："让炸弹、大炮和机关枪去辩论吧！"并于不久之后，发动了"夏秋季攻势"。而恰在此时，朝鲜遭遇了40年未有的特大洪水灾害，铁路桥梁遭到严重毁坏，公路桥梁一半被冲断，前方战场的物资运输受到严重影响。

也是在这个时候，全国各铁路局再次组织广大职工入朝参战。在轰轰烈烈的抗美援朝运动中，太原车辆段的樊天印再一次向组织递交了自己的申请，要求前往朝鲜战场，保家卫国。

樊天印是一名车辆检车工。朝鲜战争爆发后，太原铁路局已经有500多名职工先后奔赴朝鲜战场，并不断传回有人牺牲的消息。但这，都挡不住樊天印赴朝作战的决心，他一次次向组织递交志愿赴朝的申请。

在急切的期盼中，1951年6月下旬，樊天印终于等到了入朝作战的通知。出

1951年4月5日《山西日报》刊登的文章

发前夕，单位给每名即将去往朝鲜的职工三天时间，让他们回去与家人告别。

樊天印的老家在山西运城的寺北村，他是家中的独生子。他知道，如果把去朝鲜战场的实情告诉父母，必将受到阻拦，可是，自己是一名青年团员，是一名业务熟练的检车工，朝鲜战场正需要他这样的铁路职工前去支援。于是，他回到家，向父母隐瞒了自己要去朝鲜的实情，而是告诉父母，自己要去沈阳学习一段时间。父母听了后，不由得喜上眉梢，为儿子的成长感到高兴，并关心地询问他要去学习多长时间。

父母的询问，让樊天印回答不上来，因为，一是朝鲜战争何时结束，没有人能说清楚；二是到了朝鲜战场，自己还能不能活着回来，也是一个未知。

樊天印吞吞吐吐、遮遮掩掩，半天答不上父母的问话，好在父母没有一直追究这个问题，这才使樊天印一颗提着的心，稍微放了下来。

按时间推算，樊天印本来能在家住两天再回太原，但他担心自己去朝鲜的秘密被父母发现，所以在家仅停留了一天，便和父母告别。临走时，母亲为他烙了几张饼子，嘱咐他带在路上吃。樊天印背着还热乎的饼子，走出家门。

通往村口的土路上，父母叮嘱他到沈阳一定好好学习，学成后早日回来。

村口的田野里，一片玉米正长得旺盛，风吹过来，叶片沙沙作响。这条路，这片庄稼地，樊天印从小到大，走过无数次，但从没像今天这般心事重重。他看着眼角已经有了皱纹的父亲，又看了看鬓角已经有了白发的母亲，几次想开口把真相说出来，可话到嘴边，又咽了回去。

不能说，不能说。樊天印在心里一再告诫自己。

来到村口，樊天印劝父母回去，不用送了。父母听从儿子的话，又叮嘱了他几句，然后转身朝家的方向走去。樊天印看着父母的背影，想起自己的一腔热血，也想起自己有可能这是最后一次看望父母了，禁不住热泪盈眶。自古忠孝不能两全，这个道理，樊天印从小就明白。

樊天印返回太原后，与其他一起赴朝的200多名铁路职工在太原铁路局海子边大礼堂参加欢送会。欢送会上，山西省武装部领导和太原铁路局领导发表讲话，鼓励他们到朝鲜后，为国争光，为山西争光，为太原铁路局争光，帮助朝鲜打击侵略者，保卫自己的祖国。

和他一起去的，还有本单位的张德元、郝学仁、王成文、吕训子。由于年龄相仿，樊天印和吕训子在前往沈阳的七天路途中，成了好朋友。在交谈中，樊天印得知吕训子这次上朝鲜战场，也是瞒着家人去的。惺惺相惜、志同道合的两个年轻人相约，到了朝鲜战场上，一起狠狠打击敌人，早日凯旋，到那时，再向家人讲明实情。

几天后，他们到达沈阳，樊天印和吕训子被分配在中国人民志愿军八九七部队第二大队，按照规定，他们脱掉身上的铁路制服，换上志愿军服装，然后各自领到一个行李卷、一袋炒面、一个水缸、一个背包，直奔丹东。两天后的一个晚上，他们带着这些全部"家当"，乘坐火车，在一片漆黑中，随部队跨过鸭绿江。

一夜无眠，火车也几乎一夜没停止运行，一直朝前开着。第二天凌晨，火车在朝鲜的定州站停了下来，被分配在定州站的吕训子和其他一些铁路职工在这里下了车。接着，火车又继续往前行驶，天快亮的时候，带队的老兵告诉樊天印他们：到站了。

车门打开，呈现在樊天印和大家面前的，是一片饱受战争创伤的情景，毁坏的房屋、炸断的钢轨、倾倒的树木、遍地的弹坑……

战争的残酷，在那一刻，让年轻的樊天印感到深深的震惊。

走下车后，樊天印才知道，他们已经来到朝鲜的渔波火车站。这里，将是他和其他铁路职工共同战斗的地方。

在渔波，樊天印被安排在第二大队的第五支队（五班），虽然他在国内是一名车辆检修工，但到了朝鲜，他的工种不再那么单一。按照战时需要，他和大家在检修车辆的同时，还要担负起新安州至平壤间的铁路抢修和山洞抢修之重任。

樊天印所在的五班，住处设在离渔波站不远处的一座山头背后，所谓的住处，就是几间用木棍和树枝搭起来的简易茅屋。樊天印和大家翻过山头，来到住处，放下行李，每人领一支步枪、100 发子弹和四颗手榴弹，然后开始熟悉渔波站周边地形、铁路走向，做好随时抢修的准备。

当时，敌人已开始对我志愿军后方交通线实行"绞杀战"，尤其是对运送军事物资的重要铁道线，更是进行密集轰炸。新安州到平壤之间，地理位置重要，敌人频频前来轰炸，铁路线常常被炸烂、炸断。

由于白天抢修铁路目标大，容易被敌人发现，且敌人的飞机经常在白天出来活动，进行轰炸，于是，樊天印他们将四周没有树木和山头遮挡的铁路线，放在夜间抢修。

抢修铁路离不开固定道钉，可夜间点灯施工，必会暴露目标，被敌人发现。因此，虽然是夜里抢修，但樊天印他们也不能点灯，这就给抢修铁路带来了一个难题：不点灯，怎么确定道钉的位置。思来想去，他们想到了一个好办法，那就是用白色粉笔，将每个道钉的帽端涂白，然后借着月光的映照，将道钉一个个安装、固定起来。

渔波站的前方，便是平壤站，因而，渔波站也可以称得上是进出平壤的门户。在渔波站的两端，挖有两座较深的山洞，每到白天，为了躲避敌机的轰炸，开往平壤方向的重要列车都会在这两座山洞里隐蔽，到了黑夜才开出来继续前行，因此，渔波站的山洞，也是敌人轰炸的主要目标，几乎每天都要"光顾"几次。

面对敌人的轰炸，樊天印和战友们常常要对山洞进行抢修。1951年秋季的一天，敌人的飞机又飞到了渔波站，一顿狂轰滥炸后，刚刚抢修好的山洞，又被炸开了两个口子，樊天印和大家在山洞中听着敌机猖狂的轰炸声，心中不由得燃起了怒火。

抢修山洞是一件颇费体力的活，但每一次，樊天印都会抢着去干最苦最累的活，把那些最大的石头搬回来，用于抢修。并在山洞修通的第一时间，马上组织列车开通，能通一列，就通一列，能通两列，就通两列。

一天，黎明的曙光即将染红渔波站，樊天印和一名来自牡丹江的宋姓战友，在曙光中一起负责将渔波站内的车辆调往山洞中。就在他们即将完成所有车辆的转移，只剩下最后一列车的时候，敌人的飞机突然飞来了，为了阻止他俩继续将车辆转移至山洞内，敌人向他们投下了炸弹。

一枚炸弹在他们身旁不远处爆炸了，巨大的气浪把樊天印和那名宋姓战友掀出去好几米。看到敌机穷追不舍，两人急忙起身朝最近的车轮下跑去。可令人没想到的是，那名宋姓战友在躲避的过程中，遭到了敌人的再一次袭击，不幸遇难，倒在了车轮旁。

樊天印痛心地抱起浑身是血的小宋，看着他在自己的怀里慢慢地闭上了眼睛，不禁泪流满面。

就在樊天印和大家掩埋了宋姓战友的遗体后，他又收到一个令他更加痛心不已的消息——和他一起入朝作战的吕训子也在定州站牺牲了。刚刚失去与自己朝夕相处的战友小宋，又听闻与自己一起来朝鲜的吕训子为了让车辆能够及时转移，血洒定州站，樊天印内心的悲痛，无以言表，两行热泪，止不住地一次次流了下来。他在心中暗暗发誓：我一定会完成你们没有完成的任务！

也是在这时，樊天印想起应该给自己的父母写一封信。他在信中告诉父母，自己正在朝鲜，正在战场上帮助朝鲜人民打击侵略者，保卫自己的祖国，如果牺牲，请父母不要悲伤！

接下来，在抢修铁路和车辆的任务中，樊天印比以往更加努力。

两个多月后，樊天印收到了父亲的来信。在信中，父亲告诉他，当得知他去了朝鲜战场时，母亲当即哭晕了过去，许久都没能清醒过来。但在信的最后，父亲还是鼓励他，要多抢修铁路，多运送物资，多消灭敌人。年轻的樊天印读着这封家书，泪流满面。

除了铁路线，火车站也常常被敌人的炸弹夷为平地。作为朝鲜境内运输最繁忙的火车站之一——新安州站，敌机几乎每天都要来轰炸几次，最多时，敌人一天就来轰炸了43次。每次轰炸过后，樊天印和战友都会在第一时间赶到新安州站进行抢修。有时候，敌人为了阻止他们抢修，又返回来继续轰炸。许多次，樊天印他们在废墟中刚把钢轨铺好，转眼便被炸成了两截，而其他铁路设施，敌人也没有放过。只有一座水塔，孤零零地立在硝烟之中，证明着此地是新安州站。

被炸毁的车站

车站虽然被炸，但铁路运输不能中断，尤其是每当夜幕降临，铁路运输进入最繁忙的阶段时，樊天印也总是和所有的战友一起出动，抢修线路、调度车辆，搬动道岔、放行列车。其间，他们和敌人一次次进行着"炸—修—通"的较量。

1951年的冬天，为了拦截我志愿军的物资供给，敌人对连接新安州和孟中里的清川江大桥不断实施轰炸，清川江大桥遭到了严重毁坏。在大桥中断，未能修复之际，为了保证物资运输，铁路职工和铁道兵团的战士在清川江上修建起了一座便桥。便桥修好后，由于自重过轻，而火车头太重，便桥承受不住车头的重量，无法将物资运过江，于是大家发挥聪明才智，研究出了一套车辆在前、车头在后的"顶牛过江"办法，将一车车物资顶到清川江对岸。尽管这样，堆积在清川江北岸孟中里站的物资，还是难以如期运到前方战场。这也致使大量物资滞留在孟中里站，包括志愿军战士们的御寒衣物、武器弹药、粮食蔬菜。

1951年的隆冬很快便到来了，这是樊天印到达朝鲜后经历的第一个冬天，连续不断的降雪，让气温骤然下降，有时降至−30℃以下，许多战友在这种极寒的天气中，出现了冻伤和各种疾病。在这种情况下，班长决定派两名战士迂回到孟中里车站，为全班12人背回棉衣。

这个任务交给谁呢？班长陷入了沉思。

当樊天印得知这个任务后，主动找到班长，请求派自己去。

这是一项艰巨的任务，来回的路途中随时可能遇到敌人的特务或飞机。但考虑到樊天印是一名青年团员，在各种抢修中又表现优异，于是，班长决定让樊天印带着另外一名叫陈朝希的青年团员去孟中里为全班战士背回棉衣。

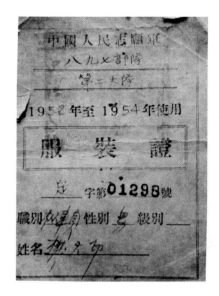

樊天印的服装证

出发的时候，樊天印和陈朝希每人背了一袋炒面，然后把所有的衣服都套在了身上，以此抵御路途中的寒冷。路上，樊天印带着陈朝希边走边躲避敌人的飞机侦察。白天穿树林、走山沟，或钻山洞，晚上才敢走公路。两天两夜后，他们来到孟中里站，领到12套棉衣，然后背在身上，片刻也不敢耽搁，急忙向渔波站方向返回。

路上，雪深地滑。由于他们背着棉衣，目标明显，很快便被敌人发现了，敌机在空中追着他们，连连扫射。为了躲开敌人的视线，他们决定钻入深山之中，而且尽量选择夜间行走。

山路崎岖，人迹罕至。有时候，他们走得饥肠辘辘了，就各自拿出炒面往嘴里塞一口，继续赶路。有时候，他们走得口渴了，就随手抓一把白雪放入口中。一天过去了，两天过去了，三天过去了，他们随身携带的炒面也越来越少了，这时，樊天印把自己的炒面给了陈朝希，自己则悄悄在雪地里挖一些草根，吞进肚子里充饥。一次，陈朝希发现了他的这个"秘密"，说什么也不肯吃剩下的最后一点儿炒面，红着眼圈把炒面递到了樊天印面前，恳请樊天印吃一口。樊天印握着陈朝希的手，说："我的团龄比你长，请你听从我的命令，把这点儿炒面留给你。"

陈朝希哽咽地看着樊天印那有些苍白的脸，说道："可是，你不能总吃草根呀，不然，你是走不出这雪山的。"

樊天印听了陈朝希的话，抬头看了看四周白雪皑皑的大山，对他说："我想过了，你比我还要年轻，生命更为可贵，如果我们俩只能有一个人走出这座大山，那你一定要替我走出去，把战友们的棉衣送回去，让大家早日穿上它，抢通铁路打击敌人。"说完，他把那仅有的一点儿炒面，又推回到了陈朝希的面前。

陈朝希听了，流下了热泪。

六天六夜后，就在班长为他们担心不已，以为他们在途中遭到敌人袭击牺牲的时候，樊天印和陈朝希在天刚蒙蒙亮之际，满身冰雪地背着12套棉衣回到渔波，站在了班长的面前。

当樊天印将棉衣交到班长手中时，虚弱地晕了过去。在陈朝希的讲述下，全班战士得知樊天印已经好几天没有吃东西了，而是将自己的炒面让给了身边的战友时，都感动地流下了泪。

有了这些棉衣，全班战士在抢修线路、开挖山洞和检修车辆时，没有再被冻伤，抢险任务屡次又快又好地完成了，保证了铁路运输的畅通。樊天印所在的五班，为此立下了集体二等功一次、

铁路职工在朝鲜

三等功一次。

1952年初，樊天印向党组织递交了自己的入党申请书。一年后的3月28日，在战友周福元和王有胜两位共产党员的介绍下，樊天印被批准加入中国共产党。那一天，朝鲜的天气乍暖还寒，但樊天印的内心无比的火热。他在渔波站背后那间简易的茅草屋里，面对党旗，举起右拳，郑重宣誓："我志愿加入中国共产党，承认党纲、党章，遵守党的纪律，服从党的决议，学习马列主义，毛泽东思想，努力提高自己的觉悟，积极工作，精通业务，全心全意为人民服务，不屈不挠为共产主义事业奋斗到底！"

1954年5月，樊天印跟随部队回到祖国，回到自己的原单位——太原车辆段，之后又调至临汾车辆段、侯马车务段，但无论在哪里工作，他都忘不了在朝鲜的那些日子，忘不了那些牺牲的战友，忘不了在茅草屋内的入党宣誓。

消灭两架敌机

受访人：侯衍明

中共党员，辽宁营口人，退休干部，1928年出生，入朝时23岁。

当敌人的上百架飞机在平壤的上空投下炸弹，并黑压压地朝自己祖国的方向飞去时，侯衍明的手心里不由得捏了一把汗：这些飞机会不会去轰炸自己的祖国？而祖国人民此刻是否知道敌机正朝他们而去，是否做好了射击的准备？他和战友们是如此担心着祖国的安危，担心着祖国人民的安全。

1951 年 6 月，樊天印他们出发后，山西铁路累计已有 700 多名职工奔赴朝鲜战场，国内报名前往朝鲜的铁路职工，热情依旧高涨。尤其是当得知朝鲜战场上的铁道线一再被敌人炸断、炸毁、炸烂，大量物资在运往前线途中受阻的时候，他们要求去朝鲜抢修铁路、打击侵略者、保家卫国的决心就更大了。

　　侯衍明，就是这些铁路职工中的一位。

　　侯衍明出生于 1928 年，朝鲜战争爆发时，他是大同电务段的通信主任，也是一名青年团员。当上级发出抗美援朝的号召时，侯衍明第一个报了名。在他心里，保家卫国是男儿本色。1951 年 7 月初，侯衍明第一个被本单位批准上朝鲜。7 月 19 日，侯衍明从大同出发，到天津与其他铁路职工集合。

　　出发前，侯衍明的妻子和岳父、岳母到大同站来为他送行，站台上，想到战争的残酷，妻子就万般担心，但妻子还是克制住了儿女私情，悄悄拭去眼泪，支持侯衍明到朝鲜去参加正义之战。

　　侯衍明看着妻子，不知该如何安慰，只一再嘱咐道，待自己走后，希望妻子能跟随岳父岳母回唐山娘家。因为此时的侯衍明，内心已经做了最坏的打算，一旦自己牺牲在朝鲜战场上，那么，最不忍心的，就是把妻子一个人孤单单地留在人生地不熟的大同。

到达沈阳后，侯衍明和大家进行了为期两天的培训，主要学习如何躲避敌人的飞机轰炸，在战场上应该注意哪些事项。之后，他们被编入八九七部队，前往丹东，并于到达丹东的那个傍晚，乘坐火车过鸭绿江，进入朝鲜。到达定州后，前方的铁路线已被炸毁，铁道兵和前期入朝的铁路工人正在全力以赴抢修，列车无法前行，于是他们集体下车，翻山越岭从定州向新安州方向徒步前行。

到达新安州后，侯衍明接到命令，自己和几名战友被分配到平壤工作。由于对朝鲜地形不熟悉，再加上白天无法行进，只能夜间赶路，他们几次出现了迷路，有时走了一夜，感觉已经走出了几十里路了，可天亮一看，又转回到了原点，因此，从新安州出发，他们走了半个月的时间，才到平壤。

侯衍明到达平壤后，担任平壤电务段的军事代表，看到战争带来的满目疮痍之后，决心带着平壤电务段的100多名通讯员和电话员随时保证战时的通信畅通。可就在他刚刚到达平壤，工作还没来得及开展的时候，便遇到了敌人的轰炸，那是1951年8月14日，敌人的飞机对平壤进行大轰炸。敌人之所以选择这一天对平壤进行轰炸，是因为8月15日是朝鲜的祖国光复节，这一节日，是朝鲜人民为了纪念1945年8月15日第二次世界大战对日战争取得了胜利。8月14日这一天，正当平壤民众庆祝光复节到来之时，敌人的飞机从空中飞了过来，并朝地面投下炸弹……

飞机飞来的时候，侯衍明和战友们带着设备紧急转移到了平壤北面的一座山洞里，这是他们第一次看到如此众多的飞机。刚开始，他们还能一架、两架地数得过来，但数到七八十架的时候，大家就有些眼花缭乱了，因为空中的飞机实在是太多了，有轰炸机，有战斗机，足足有200多架。看着这些飞机黑压压地从头顶飞过，并在平壤上空投下炸弹后，接着朝祖国的方向飞去，侯衍明和大家的心里突然"咯噔"了一下，手心里也不由得捏了一把汗：这些飞机会不会飞到自己的祖国去轰炸？而祖国人民此刻是否知道敌机正朝他们而去，是否做好了射击的准备？

他们是如此担心着祖国的安危，担心着祖国人民的安全。

一个小时过去了，两个小时过去了，三个多小时后，敌人的飞机又黑压压地从他们的头顶往回飞去。侯衍明一算时间，隐隐觉得有些不安。果不其然，不久后，他们听到从国内传来的消息，8月14日那天，敌人的飞机除了轰炸平壤外，竟飞到我国的边境上，骚扰了一番。

那次的平壤大轰炸，尽管战斗在平壤的大多铁路职工都躲进了山洞里，但轰炸过后，侯衍明发现，还是有几十名同志牺牲在敌人的炸弹下，有车站的，有电务段的，有车辆段的，有工务段的……

由于那次牺牲人员较多，大家只能怀着无比沉痛的心情，将他们就地草草掩埋，为了便于日后寻找，大家给每个人的坟头，都立了一块木牌，刻上他们的名字。

和这些战友做了最后的"告别"后，侯衍明组织大家思考和

流沙

讨论一个问题，那就是"面对牺牲，我们该不该害怕"。

面对敌人的侵略和祖国的安危，大家擦干眼中的泪水，齐声回答："我们不怕牺牲，因为为了祖国，为了祖国人民，我们的牺牲是有意义的！"

"对，为了祖国，为了祖国人民，我们一定要和敌人斗争到底，如果我们牺牲了，那我们的牺牲是有意义的！"侯衍明鼓励大家道。

平壤大轰炸，也让侯衍明清楚地意识到，必须尽快开挖山洞，让更多的人和设备进山洞，这样才能减少牺牲，减少损失。于是，他和大家在保证完成通信不中断任务的同时，自己动手，开挖山洞。刚开始，他们用洋镐一点一点地凿、用铁锹一点一点地挖，进展很慢，后来，他们发现用炸药先炸开石头，然后再开挖，速度就会大大加快。于是，他们找来钢锯，把敌人投下来的那些没爆炸的炸弹小心翼翼地锯开，将里面的炸药取出来，用于炸石头、挖山洞。

锯炸弹是一项危险的活，一不小心就会造成炸弹爆炸，所以，在锯炸弹前，需要先"征服"它，把炸弹上的引火帽、撞针全部慢慢拆卸下来，之后才能用钢锯去锯它。

定时炸弹有大有小，有时候，侯衍明他们从一枚炸弹里能取出三五十公斤的炸药，有时候则能取出七八十公斤的炸药，碰到这样的大炸弹，侯衍明和大家总是既激动，又谨慎。

有了炸药，侯衍明带着大家一下子开挖出好几座大大小小的山洞，这些山洞一人多高，五米多宽，深浅不一。为了便于联

系，这些山洞在开挖时，都采取大洞套小洞，小洞连小洞的办法，一旦出现某座山洞被炸、被毁，大家可以通过其他山洞迅速转移。

有了这些山洞，侯衍明他们的安全相对多了一些保障，附近的朝鲜老乡看到后，也找到他们，寻求帮助，希望敌人来轰炸时，能一起躲进他们开挖的山洞里。看着眼前这些家园被毁的朝鲜老乡，侯衍明决定收留他们，于是，这些山洞中，不仅有中国面孔，也有朝鲜面孔。有时候，遇到开饭，朝鲜老乡站在一旁观望，侯衍明他们就把碗里的红大米和咸菜主动送给他们。久而久之，朝鲜老乡和侯衍明他们结下了深厚的友情，其中一名在战争中失去亲人的朝鲜男孩，更是把这些从中国来的铁路职工当作自己的亲人，侯衍明和大家尽最大努力，保护着这名朝鲜儿童。

铁路工人与朝鲜儿童在一起（一）

铁路工人与朝鲜儿童在一起（二）

流沙

1952年初，在平壤电务段担任军事代表半年后，侯衍明被调往熙川电务段，担任熙川电务段的军事代表。当时正是冬天，侯衍明冒着严寒，一路踏雪朝熙川而行。途中，白雪覆盖的大地，看不出哪里是平地，哪里是被敌人炸弹炸出的深坑，侯衍明几次都一脚踏空，滑入深坑，被白雪掩埋，但他凭着坚强的意志，一次次爬了出来，直奔自己的目的地熙川。

到达熙川后，侯衍明发现，敌人对熙川站的轰炸，并不比平壤站少。于是，他带着大家处处与敌人斗智斗勇，而狡猾的敌人诡计多端，当敌人发现我国抢运物资的列车白天全都开进各个山洞中隐蔽起来时，也采取着相应的措施。

有一次，敌人的飞机又飞到熙川站进行轰炸，紧急转移到山洞中的侯衍明和大家注意到，敌人投炸弹的时候，不再像以前那样直上直下地向下扔炸弹，而是采取低空飞行，在接近山洞口时，将炸弹斜着抛入山洞之中。虽然多数情况下，这些炸弹的命中率都不高，但有一次，敌人的一枚炸弹还是斜着抛进了洞内，巨大的轰炸声中，离山洞口最近的一列火车被炸毁。

有了第一次，就有第二次。看到敌机屡屡得手，停留在山洞内的列车屡次受到威胁，侯衍明带领大家开动脑筋、集思广益，很快，他们想到了一个阻止敌机轰炸山洞的有效办法。那就是在每个山洞口的两边，高高竖立起两根钢轨，然后在两根钢轨之间，缠绕上密密麻麻的铁丝网，以此来防止敌机低空飞行，接近山洞并往山洞中斜投炸弹。

这一下，敌人的飞机果然收敛了不少，当他们再飞来准备轰炸时，发现洞口已被保护起来，任凭自己携带再多的炸弹，拥有再高的斜投技术，也无法靠近山洞，于是只好悻悻而去。不过，有一次，一架敌机似乎有些不屑于中国铁路职工想出的这种土办法，硬要靠近山洞，斜投炸弹，结果，在刚一靠近洞口的时候，就撞到高高耸立的两根钢轨上，一下子坠毁到山涧中。不久，又有一架敌机不服气，似乎也想来和中国铁路职工"一比高下"，结果，也落了个与前面那架飞机同样的下场，机毁人亡。

看着两架飞机先后被摧毁，并保住了山洞里的列车，侯衍明和大家的心里甭提有多高兴、多自豪了。他们在与敌人的较量中，越战越勇。

1953年1月18日，侯衍明在朝鲜战场被批准加入中国共产党。站在党旗下宣誓的那一刻，侯衍明心潮澎湃，他下定决心："为了祖国，为了祖国人民，我愿意牺牲自己的一切，因为这样的牺牲是有意义的！"

在接下来的日子里，侯衍明忘我地投入各种战斗中。直到1953年7月27日朝鲜战争结束，侯衍明才和大家搬出山洞，住进了朝鲜老乡家里。虽然长

1952年冬侯衍明在熙川

期的山洞生活，让侯衍明多多少少患上了风湿关节病，但他服从命令，又继续留在朝鲜，帮助朝鲜铁路工人把当地的电务设备维修好，并教会朝鲜工人使用和维护这些设备。

一年后，侯衍明跟随部队准备启程，返回国内。

临回国时，为了避免打扰朝鲜老乡，更为了避免朝鲜老乡送衣送物表示感谢，上级要求他们不许让朝鲜老乡知道自己即将回国的消息。于是在回国的前一天，侯衍明告诉房东，要去平壤开几天会，然后和战友一行人在那个夜晚悄悄离开。他们到平壤集合后，乘坐一列写有"作战废弃物资"字样的火车，朝祖国而来。

一天后，他们乘坐的列车驶过鸭绿江，即将进入国内的丹东，侯衍明抑制不住内心的激动，朝窗外望去，此刻，鸭绿江水，滔滔奔涌，浩荡东流。当列车停下，车门打开，侯衍明沐浴到了祖国温暖的阳光，受到了人们的热烈欢迎。

三年了，终于回到日思夜想、魂牵梦绕、无比安宁的祖国了。那一刻，侯衍明的眼中涌出了滚烫的热泪。

回国后，侯衍明被分配到太原铁路局工作，不久，又被安排到临汾铁路分局。如今，每当忆起那场保家卫国的战争，这位90多岁的老人依然重复着那句话：为了祖国，为了人民，我们当年的选择，甚至是流血牺牲是有意义的！

这句话，是他们那一代人的青春写照，也是他们那一代人的爱国写照。但同样，这也是一个民族精神的写照，许多年来，这种精神，正在代代相传，激励着后人大步向前。

不为荣誉而战

受访人：樊春秀

中共党员，山西霍州人，退休干部，1925年出生，入朝时26岁。

在敌机的轰炸中，樊春秀从口袋中掏出早已写好的遗书，郑重地交给车站军事代表，然后冲进火海。巨大的爆炸发生了，樊春秀被气浪冲至深沟。就在战友们以为他葬身火海之时，樊春秀却像个炭人一样出现在大家面前，并接着战斗。

从太原火车站退休的樊春秀，出生于 1925 年，在他的家中，珍藏着六枚抗美援朝的军功章和纪念章。2020 年，当中国人民志愿军抗美援朝出国作战 70 周年到来之际，很少将这些奖章拿出来的樊春秀，从箱子底把它们取了出来。而每一个见到这些军功章和纪念章的人，都会想起作家魏巍在《谁是最可爱的人》中与一名无名战士的对话：

　　　　"你们经历了这么多危险，吃了这么多苦，你们对祖国对朝鲜有什么要求吗？"

　　　　他想了一下，才回答我："我们什么也不要。可是说心里话，我这话可不一定恰当啊，我们是想要这么大的一个东西……"他笑着，用手指比个铜子儿大小，怕我不明白，"一块'朝鲜解放纪念章'，我们愿意戴在胸脯上，回到咱们的祖国去。"

　　当年，奔赴朝鲜的每一名志愿军战士、铁路工人，都希望能够获得一枚纪念章，因为那是他们英勇作战的证明，是他们保家卫国的写照，而樊春秀，一个人，竟有六枚纪念章。

他，凭的是什么？

1950 年朝鲜战争爆发后，中国人民志愿军跨过鸭绿江入朝作战，但由于钢铁运输线连续遭到敌人破坏，军事补给严重短缺，志愿军战士饥无食、寒无衣。消息传到国内，不少铁路职工纷纷申请奔赴朝鲜，用自己的一身本领去保证铁路畅通。

1951 年 7 月 5 日，在已经有数批职工奔赴朝鲜战场后，太原铁路局再次向广大职工发出号召，在抗美援朝、保家卫国的号召中，太原站的樊春秀找到领导，递交申请，要求入朝作战。由于他精通行车运输指挥，业务过硬，便成了太原站第一个被批准上朝鲜的人。

8 月 1 日，樊春秀和 300 名山西铁路工人即将出发，出发前夕，山西省各界人士上千人在山西大剧院举行晚会，向即将奔赴朝鲜战场的铁路职工献旗献花。晚会上，前来为大家送行的铁道部部长滕代远发表了讲话，他说：在中国人民伟大建军节到来的日子里，欢送太原铁路局志愿赴朝队有着双重的意义，希望志愿赴朝的职工们在前线勇敢作战，积极学习，用百折不挠的精神担负起抗美援朝、保家卫国、保卫世界和平的光荣任务！

1951 年 8 月 3 日《山西日报》刊登的文章

时任中共山西省委宣传部副部长的史纪言同志也向大家致欢送词，他在致辞中讲道：铁路职工志愿赴朝的行动，充分表现了中国人民爱国主义与国际主义的伟大精神，这不仅是铁路职工的光荣，更是所有山西人民的光荣！

1951年8月2日，太原市各界代表欢送铁路志愿赴朝鲜工作队

出发之日，太原站，前来送行的车站领导和同事给樊春秀戴上大红花，叮嘱他多消灭敌人。樊春秀向大家表示，到朝鲜后，自己一定发挥一名铁路工人的专业特长，早日为国立功，为山西省立功，为太原局立功。

依依惜别中，樊春秀的妻子卫玉英抱着刚一岁的儿子樊守义也来了，这位朴实的农家妇女，红着眼圈远远地站在人群外，用牵挂的目光望着丈夫。她们母子是前一晚刚从霍县老家王庄村赶来的，尽管她不舍得自己的丈夫离开，但为了国家，她还是支持了丈夫的选择，于是大老远地赶到太原，想送丈夫一程，也想看丈夫一眼。因为此一去，可能就会成为永别。

看着妻子瘦弱的身子，想起刚夭折不久的女儿和还在生病的儿子，一阵心痛爬上了樊春秀的心头。他眼眶湿润地走上前，从妻子的怀中接过儿子，然后拜托人群中一位在医院工作的大夫，希望自己走后，医院能想尽办法，治好儿子的病。那位医生告诉他："放心吧，你们去保卫祖国的安宁，我们一定在国内照顾好你们的孩子。"

樊春秀回到妻子身旁，使劲儿亲了亲年幼的儿子，强忍住眼泪，让妻子抱着孩子赶紧离开，自己则头也不回地走进车厢，任凭妻子在窗外张望。

车开动后，樊春秀看着妻子抱着儿子跟随列车一直跑着、跑着，眼泪止不住唰唰流了下来，滴在了他胸前的大红花上。

男儿有泪不轻弹，只是未到伤心时。

三天后，樊春秀和太原铁路局其他单位志愿入朝的上百名职工到达沈阳，然后统一脱掉铁路制服，换上志愿军服装，编入不同部队，前往丹东。几天后的一个晚上，樊春秀和大家过鸭绿江进入朝鲜。

樊春秀被分配在平壤分局新成川车站。新成川站是朝鲜一座比较大的车站，不像其他火车站仅有东西或南北一条通道，而是朝鲜境内当时唯一一座四面通车的车站，南接成川，北接德川，东接阳德，西接顺川。其中，向东，直通前线；向西，是国内物资进入的主要通道；向南，便是成川郡。1950年底，中国人民志

樊春秀（前排右一）与战友们合影

愿军司令部就设在成川郡，指挥志愿军部队取得了第二次战役的胜利，扭转了战局。而向北，直接连通着月浦和德川车站。所以，新成川车站的位置之重要，不言而喻。

樊春秀到达新成川车站后，因为有在国内大型火车站工作的经验，所以被委以重任，担任新成川站值班站长，带领十多名中国铁路工人开展工作。

值班站长几乎负责着整个车站的工作，每一天，樊春秀都密切关注和指挥着南来北往列车的进进出出，使国内的物资能够及时送往前线。

伴随着这种高效的运输秩序，敌机也开始不断"光顾"新成川车站，白天屡屡对车站进行轰炸。为了保证大家的安全，每当敌机飞过来时，樊春秀都会组织大家躲入车站附近的一座山洞内，待敌机离开后，再带着大家对车站设施进行抢修和恢复运输秩序。那时候，新成川站有十多名来自中国的铁路职工，有东北的、上海的、杭州的，大家虽然刚刚相识，却结下了深厚的革命友谊，在危险面前，他们互相保护对方。尤其是樊春秀，身为值班站长，每一次敌机前来轰炸时，他总是先让其他职工进山洞躲避，直到确定大家全都转移到了山洞，自己才最后一个撤离车站，进入山洞。

这座山洞属于小型山洞，容纳不了多少人，大家有时候还要抱着车站重要设备一起进去躲避，所以，后进来的人，只能勉强挤在洞口，樊春秀就是这个勉强挤在洞口的人，他的半个身子，几乎每次都暴露在山洞外，极易被敌人发现。但他知道，自己是值班站长，有责任保护其他人的安全，不让一名职工牺牲。

但令樊春秀没想到的是，他的这个心愿，并没有实现，而且，很快便被打破。

那是 1951 年 8 月 30 日的晚上，因一趟运送军事装备的专列在距新成川站五公里的地方遭遇敌机轰炸，机车锅炉漏水，无法前行，车站军事代表通知樊春秀，派一名职工前去给这台机车补水。想到新成川车站最近几个晚上很少有敌机轰炸，相对来说比较安全，而滞留在站外五公里的那趟列车如不及时开走，就可能成为敌人今晚的轰炸目标，危险性较大，所以樊春秀决定由自己前去给这台机车补水。

樊春秀把车站工作安排好后，孤身一人、披星戴月朝那趟专列而去。一路上，他心急如焚，既牵挂着那台漏水的机车，又惦记着车站的安全。

就在樊春秀给那台机车补完水正要返回车站时，从新成川车站方向传来了轰炸声。原来，就在樊春秀离开后不久，敌人的飞机对新成川车站实施夜间轰炸，大量的炸弹落在车站，炸坏了股道、炸坏了站房、炸坏了设备，甚至炸毁了山洞，然后，扬长而去。

凌晨时分，樊春秀给机车补完水，听到从车站传来的轰炸声，双脚如生了风一样朝车站奔去。而当他大汗淋漓、气喘吁吁地跑近新成川车站时，他惊呆了，在他眼前，是一座遍体鳞伤的新成川站，站内设施支离破碎，房屋倒塌，一片狼藉。看到眼前的这一切，樊春秀脑袋嗡的一声，差点栽倒在地，可他知道自己不能倒，因为他还没有看到其他同志的身影，他们是否安全？是否躲过了敌人的轰炸呢？想到这里，樊春秀一口气跑到山洞处，

在那里，他看到了最不想看到的一幕，只见一位年轻的车号员，正抱着一台设备倒在洞口的血泊之中。樊春秀上前抱起这位年轻的车号员，含泪大声喊着他的名字，却怎么也没有唤醒这个年轻的生命。

也是从那一天起，敌机对新成川车站采

樊春秀（后排左一）与战友们在一起

取了白天黑夜连番轰炸的措施。新成川车站，成了敌人的眼中钉、肉中刺。樊春秀和大家在敌机的不断轰炸中，保护着新成川站的物资运输。中秋节过去了，元旦过去了，春节过去了，樊春秀在战火中，忘却了一切。

1952年2月的一天，敌人的飞机又来了，他们先是用机枪对地面进行扫射，樊春秀明白，敌人扫射过后，必有携带炸弹的飞机过来轰炸。而此时，站内正停留着一趟准备往前线运送物资的列车，那是全国人民支援前线的物资。紧急时刻，樊春秀在行车室拨通了车站南端扳道员的电话，打算命令扳道员立即闭合道岔，让这趟列车马上开出。然而，任凭樊春秀如何拨打，电话都始终连接不通，情急之下，樊春秀放下电话，出了行车室，朝车站南端跑去。

敌机很快发现了樊春秀的行踪，他们在空中盘旋着、跟踪着，并不断向樊春秀扫射着。身手敏捷的樊春秀在敌人的扫射中，时而卧倒在地，时而躲入建筑物下，终于，他跑到了车站的最南端，发现电话线已被炸断，扳道员没有接到他的电话，已转移到附近的山洞中。

为了让列车马上开出车站，樊春秀跑向道岔处，伸手去扳动道岔。敌人从空中看到樊春秀的动作，明白他是要把站内停留的列车放出去，于是密集扫射，百般阻挠。子弹打在钢轨上、道岔上，发出"砰砰砰"的声音，此时樊春秀想得更多的是祖国人民支援前线的那一车车物资的安全，他临危不惧，闭合道岔，然后趁着敌机掉头的工夫，跑回行车室，发出调车命令，让开往前线的那趟列车及时开出。不一会儿，敌人的轰炸机赶来了，但那趟列车已经驶出了很远，消失在茫茫大山中。

转眼，樊秀春在朝鲜作战已有一年了。一年来，他几次都差点牺牲在敌人的炮火下，但他从未打过退堂鼓，每天保证着新成川车站东、西、南、北四个方向的运输畅通。1952年8月下旬的一天，一趟列车从顺川方向刚开进车站，就被敌人盯上了，敌机很快对这趟运有汽油、弹药和食物的列车实施轰炸，其中一节装有汽油的车辆被炮弹击中，燃起大火，情况十分危急。怎么办？看着熊熊烈火越燃越旺，车站军事代表征求樊春秀的意见。樊春秀心想，如果不立刻把这一节着火的车辆牵出新成川站，势必会引燃、引爆相邻车辆的食物和弹药，甚至会烧毁其他股道上的列车，烧毁整个新成川站，那样造成的损失，将不可估量。可是，要想把这节着火的车辆与其他车辆分开，又势必会造成人员伤亡。危急时刻，樊春秀决定即便豁出自己的性命，也要保住这些志愿军补给。于是他把早已写好的遗书从怀里掏出来，交到军事代表手中，并提出由自己去把那节起火的车辆与其他车辆分解开，把起火车辆带出车站。军事代表先是对他的这个决定吃了一惊，但看到樊春秀那坚定的眼神，立刻像是明白了什么。军事代表郑重地接过樊春秀的遗书，并紧紧握住了他的手。

樊春秀匍匐着身子，渐渐向起火的车辆靠近，十米、八米、七米，樊春秀离燃烧的车辆越来越近了。此时，周围的温度也越来越高，热浪也更加逼人，浓烟更是让人窒息。樊春秀憋着气，一边奋力向前爬着，一边在火海中努力辨别着前后车辆的车钩位置，这时，无情的大火吞噬着他，将他的头发烧焦了，眉毛烧煳了，衣服烧着了，皮肤烧红了，但他顾不上这些。

三米、两米、一米，终于，樊春秀爬到了着火的车辆前，他腾地站起身子，接着用手一把攥住滚烫的车辆摘钩拉杆，又紧咬牙关将车钩脱开……

起火的车辆与后面的车辆摘开了，樊春秀像个火人一样转身跑向机车，带着司机将起火的车辆牵引到附近一条不常用的线路上。接着再次闯入火海，将机车与起火的车辆分开，并为保证机车安全，他随即安排司机马上驾车离开，驶往前方另一个车站。

就在火车司机开着机车离开的同时，那节起火的车辆发生了爆炸，巨大的气浪将樊春秀冲出很远，滚滚的浓烟弥漫在空中，久久没有散开。

就在战友们以为樊春秀葬身火海，再也回不来了的时候，樊春秀浑身乌黑，像个炭人一样气喘吁吁跑回了新成川车站。在大家又惊又喜的目光中，他来不及喝一口水润一下嗓子，便投入工作中，因为，在他离开的两个多小时内，车站八条股道上停满了列车，有去前线送物资的，有准备回国拉装备的。樊春秀根据轻重缓急，镇定地指挥各趟列车一一驶出，随即又安排在站外等候的列车一一驶入。直到所有的列车都安全驶出，或躲避到附近的山洞中，他才端起缸子，喝了一口水。

在朝鲜的每一天，樊春秀除了工作，心中也有思念。工作之余的大部分时间，他和大家都是在山洞中度过的。有时，他听着从山洞上方滴下来的泉水声，就会不由得思念起家乡那哗啦啦流过的汾河，想起在家含辛茹苦的妻子，还有年幼的儿子。他在给妻子的信件中写道："在朝鲜战场，虽然我们时时都有危险，但我们每个人都很勇敢，相信不久的将来，我们一定能取得胜利，到那时，我们一家人再好好团聚。"

这些信，是樊春秀利用休息时间在山洞内写的，洞内不断滴下来的泉水，打湿了他手中的纸，字迹受潮，模模糊糊，妻子卫玉英不识字，但为了能读懂丈夫的信，她参加了村里的扫盲班，进步很快。她在给丈夫的一封回信中写道："不要惦记家里，一定要打败侵略者，多立功。"字迹歪歪扭扭，大小不一，但几乎每个字上，都落着卫玉英的泪水。

樊春秀在朝鲜的时间，是太原铁路局入朝人员中时间相对较长的一个，他从1951年8月1日入朝，一直到1954年初才返回祖国，在朝鲜共作战两年多。其间，他立过功，受过奖，但他很少向人们提起。周围的亲人和同事只知道，他去的时候，长着一头浓密的黑发，可回来的时候，已基本没有了头发。只知道他走的时候，他的儿子刚一岁多，回来时，已经四岁的儿子无论如何也不肯与他相认。大家还知道，他的听力已大不

樊春秀归国后与妻子儿子在一起合影

如从前，却不知道，他的耳膜在那次起火车辆的爆炸中受到损伤，更不知道，这位年轻的铁路职工，在朝鲜立了那么多功，受过那么多奖。

樊春秀回国后，把那些由中国人民志愿军司令部、政治部颁发给他的立功证明书和中国人民铁路抗美援朝委员会颁发给他的功臣模范纪念章，用一块手帕包了起来，放在箱子底。这一放，就是近70年，直到2020年在中国人民志愿军抗美援朝出国作战70周年到来之际，他才把这些奖章和证书从箱子底拿出来，交给后人。

荣誉面前，樊春秀老人告诉大家：没有这些奖章和证书，我一样会去保卫我们的祖国。

这是他年轻时的抉择，也是他一生的抉择。

樊春秀在朝鲜战场上获得的功臣劳模奖章和纪念章

战友没了

受访人：戴永福

中共党员，内蒙古呼和浩特人，退休干部，1932年出生，入朝时19岁。

1952年4月，戴永福在朝鲜南市站被批准加入团组织，光荣地成为一名青年团员。在车站遭遇轰炸的那个晚上，为了让列车能够根据信号显示迅速驶离南市站，戴永福在敌人的炮火中，站在股道中最醒目的地方，将手中的信号灯高高举起。朝鲜战争胜利后，一名朝鲜中尉由衷地向他竖起大拇指。戴永福知道，那拇指，不是为他一个人竖起，而是为所有的中国人民志愿军战士、为伟大的中国人民而竖。

就在樊春秀奔赴朝鲜的同一时间，在山西的大同，另一名与樊春秀一样的车务职工，也向组织提出申请，要求到抗美援朝的战场上去。这名年轻人，叫戴永福，是大同车务段大同至北京包乘组的一名列车员，也是这个先进包乘组的工会小组长。

1951年7月上旬的一天，山西大同市正在召开一个会议。参加会议的是来自全市各个单位的先进班组工会小组长，会期计划两天。但就在会议刚刚开到一半的时候，戴永福却找到会务组的领导，请假要求离开。

原来，在当日下午休会的时候，戴永福突然听说单位正在组织职工报名参加抗美援朝，这是大同车务段第一次组织职工上朝鲜。在此之前，戴永福一直关注这件事，但他所在的车务系统迟迟没有动静，现在，上级终于要派车务职工奔赴朝鲜，这让戴永福怎能不激动、不着急。于是，他顾不上参加接下来的会议，急匆匆找到会务组领导，要求请假离开。当会务组的领导问他为何要这么快回单位时，他说："我要报名去参加抗美援朝，去保家卫国。"会务组的领导听后，犹豫了一下，告诉他，一会儿市长要来看望大家，并和大家一起吃晚饭，希望他能吃过晚饭后再回单位。可戴永福告诉会务组的领导，自己如果回去迟了，抗美援朝的机会就轮不到自己了。会务组的领导听了，很是感动，于是立即批准了他的请假。

戴永福赶到单位的时候，单位领导正在给职工和家属们召开动员会，号召大家：抗美援朝，保家卫国，不怕流血，不怕牺牲！

动员会结束后，戴永福立刻找到段长，申请赴朝作战。段长是位老革命，平时对戴永福很是器重，他从内心希望自己的这位"爱将"能留在国内、留在自己的身边工作。但考虑到朝鲜战场更需要像戴永福这样的年轻人，于是忍痛割爱，在第一批赴朝的名单中，写下了戴永福的名字，并叮嘱戴永福到朝鲜后英勇作战，不要让大家失望。

1932年2月出生的戴永福，老家在内蒙古的呼和浩特，1937年卢沟桥事变时，他刚5岁。当时，他的父亲作为当地第一位电力工程师，备受傅作义将军的重视，被傅作义带到抗日战场上抗击日军。不久，家中收到部队来信，告知他的父亲病死在战场。

父亲去世后，母亲改嫁，戴永福自此便成了一个无父无母的孩子，由姥姥和姥爷抚养长大。1945年，日本投降，13岁的戴永福到当地铁路部门参加工作，1950年调入大同车务段，担当大同至北京的旅客列车值乘任务。这趟列车，是当时唯一由大同开往北京的列车，是一趟有着先进荣誉称号的列车。

戴永福很热爱这份工作，干什么活都手脚勤快、脑瓜灵活，很快便成为这趟列车包乘组的工会小组长。

1951年7月欢送大同地区志愿抗美援朝职工留念（最后一排右三为戴永福）

朝鲜战争爆发后，戴永福迫切想奔赴朝鲜，但当时朝鲜战场需要的是抢修铁路的养路工，保证物资运输的火车司机和机车、车辆检修工，保证电话畅通的通信工和电话员等。直到1951年夏天，才通知大同车务段派一批职工赴朝，戴永福终于如愿以偿，要用自己的青春去保卫自己的祖国。

出发之前，考虑到姥姥和姥爷年事已高，戴永福怕两位老人担心，所以没把自己去朝鲜的事告诉他们，而是悄悄从大同站出发。当时，到站台上送他的，只有未婚妻赵文华。赵文华是大同电务段的一名电话员，非常理解和支持戴永福去朝鲜的决定，并让他到朝鲜后安心工作。

戴永福和大同车务段的17名同事从大同出发，几天后，到达沈阳，被编入部队并换上志愿军的服装。7月27日晚上，戴永福与300多名战友集结，从丹东乘坐一列火车进入朝鲜。当时，他们所乘坐的列车，窗户已经被敌人的枪炮完全击碎，只留下一个个没有了玻璃遮挡的窗口，风从外面吹进来，到处弥漫着弹药爆炸后的气味。

列车过江后，经新义州、南市、路下到达定州站，在这里，戴永福他们遇到敌人正在对定州站周边一公里范围内实施大轰炸。在带队领导的指挥下，戴永福他们300多人迅速下车向车站附近的山中转移。在转移的过程中，戴永福看到定州站已被一片火海包围。第二天天亮后，戴永福返回定州站，发现车站已经在敌人前一夜的轰炸中，被夷为平地，这让他感到十分震惊。

在定州站，戴永福他们300多人被重新分配，其中一部分去了朝鲜的西线，另一部分被安排到了中线。戴永福要去的地方是平壤分局，属于中线。在前来接应他们的队长带领下，戴永福和其他100多名战友开始从定州步行前往平壤。为了安全，队长给他们制定了"三不走"：不阴天不走，不下雨不走，不天黑不走。也就是说，他们只能在阴天、下雨天，或夜间赶路。这么做，完全是为了躲开敌机的侦察和袭击。

就这样，100多人钻进树林或山中，白天蛰伏，晚上行军，晴天躲避，雨天赶路，第十一天的清晨，他们终于赶到了平壤分局。

到平壤分局报到后，戴永福被分往沙里院地区的桂东站，沙里院在平壤的南边，两地相距50多公里，又经过了一番行军，戴永福终于赶到桂东站，担任桂东站的助理值班员，负责接发列车。

桂东站的列车，主要是开往三八线方向，所以，敌人对桂东站的轰炸，时常有之，有时一个晚上，就要往来三四次，投下大量炸弹。而每当这时，戴永福和大家都只能转移到车站的防空洞内躲避，眼看着车站被一次次炸毁，心中不禁对敌人怒火中烧。

两个多月后，戴永福从桂东站调往凤山站。与桂东站相比，凤山站离三八线更近，危险系数也更大，当时天已渐冷，戴永福接到命令后，没有犹豫，冒着寒风赶到凤山站，仍旧做助理值班员的工作。一天，车站军事代表带着戴永福利用白天不接发列车的时间，到沙里院站去为大家领棉靴。棉靴共有16双，戴永福和军事代表各背了8双，然后准备从沙里院站沿着铁道线步行返回凤山站。

当时，和他们一起去领棉靴的，还有其他车站的十几名战友，大家背着棉靴，沿铁道线而走。在即将走出沙里院站时，大家发现有一列火车将在天黑后向着自己所在的车站方向开行，于是，路途较远的十几名战友纷纷挤上车，计划搭乘这列火车尽快返回车站。戴永福看到后，也心动了起来，他想，天气这么冷，火车又快又暖和，不如和大家一起坐火车回凤山站。可就在他把自己的这个想法刚一说出口的时候，却遭到了凤山站军事代表的批评和反对。那位军事代表告诉他，与步行相比，火车目标更大，更容易遭到袭击，所以能不坐火车就不坐火车。何况，凤山站离沙里院站不算太远，步行也就几个小时便可到达，不像其他车站，路途较远，要翻越好几座山才能到达。

戴永福听后，有些理解军事代表的担忧。在这种担忧中，他朝车上的那十几名战友望去。这时，那位军事代表上前，对已经上车的十几名年轻人叮嘱道："路上一定要多加小心，遇到危险，立即跳车，快速转移，就地隐蔽。"然后，带着戴永福步行向凤山站的方向而去。

戴永福跟着军事代表，踏着铁道旁厚厚的积雪，从沙里院站向凤山站走着。大约一个小时后，天色完全黑了下来，正向前走着的戴永福突然听到从沙里院站方向传来的飞机轰炸声。他猛地一回头，只见远处火光冲天，不由得心中一紧，想起那列火车和火车上的十几名战友。

军事代表此时也回头朝沙里院站望去，他怔怔地望了一会儿，喉咙中发出一声长长的惋惜声，然后神情有些黯然地拍了拍戴永福的肩膀，示意戴永福继续赶路。

回到凤山站后，戴永福一夜未眠。

第二天，戴永福得到消息，前一天傍晚，就在他和军事代表离开后不久，那列开往前线的火车还没从沙里院车站开出，便被敌人的飞机发现，敌机先是扔下照明弹，在亮光中把列车的位置侦察得一清二楚，然后投下凝固汽油弹，将列车炸毁、烧毁，车上所有人员当场全部遇难，包括九名机车司乘人员和那十几名刚刚领到棉靴的年轻战士。戴永福听了，心情无比沉重，尤其是一想起那十几名和自己一起去领棉靴的战友，顷刻间便牺牲在敌人的炸弹下，心仿佛在滴血。而他能做的，就是擦干眼泪，停止悲伤，尽可能地保证到达和经过凤山站的列车安全。

在凤山站工作了几个月后，1952 年 4 月，戴永福又被调往南市站。南市站比桂东站和凤山站都要大，位于新义州和定州之间，车站除了接发列车，还负责给过往的机车上水、上煤，所以，每天会有许多列车经过或停靠。

戴永福到南市站后不久，被批准加入团组织，成为一名青年团员，这是他梦寐以求的心愿，当他宣誓："我志愿加入中国新民主主义青年团，坚决拥护中国共产党主张，努力学习马列主义、毛泽东思想，遵守团的纪律，执行团的决议，全心全意为人民服务，在各种革命工作中，起模范作用，团结广大青年群众，为新民主主义中国的建设，为全人类的彻底解放，奋斗到底。"内心感到无比的激动，他在心中告诉自己，今后无论遇到什么情况，都要处处以一名团员的标准要求自己。一天晚上，敌人的飞机来袭击南市站。此时，一列往前线运送坦克的列车正准备进站，便被敌人盯上了，几架飞机一起从空中围了过来，戴永福看到后，急忙手持绿色信号灯，站到股道中间最明显的位置，示意列车不要停车，抓紧开出车站，到前面的山洞中躲避。就在这时，敌人发现了手持信号灯的戴永福，他们一边朝车站投下炸弹，一边向戴永福射击。几枚炮弹从天而降，落在了南市站，很快，站内六条股道均受到不同程度的毁坏，戴永福在气浪的冲击下，跌倒在一个弹坑中，头部受伤。此时，火车离他越来越近了，为了让司机能够准确看到信号，戴永福忍着疼痛，爬起来，在敌人的炮火中，将手中的信号灯高高举起，引导列车通过一条尚未被炸毁的股道开出车站。直到看着列车安全地开走，他才抱着信号灯跑进附近的山洞中去躲避。

在朝鲜，戴永福到过很多车站工作，这缘于他年轻胆大，不怕危险。在南市站工作不久，他又被调往新义州站，新义州与我国的丹东一江之隔，许多物资都是从国内运到这里，然后再进行中转，所以，新义州不仅车站大、股道多，而且物资也多。戴永福到新义州后，意外地遇到了一起来朝鲜的好友王浩然，两人见面，自有说不完的话，但由于运输任务较多，两人把想说的话都咽进肚子里，相约等有机会了再好好地叙。

几天后的一个晚上，戴永福正带着两名朝鲜连接员调度列车。突然，敌人的飞机飞了过来，车站军事代表通知他赶紧到防空洞中躲避。戴永福接到命令，带着两名朝鲜连接员迅速朝防空洞方向而去，这时，一名养路工也跟在他们后面，一起往防空洞奔跑，就在他们快要进入防空洞的时候，敌人的炮弹落了下来，当场炸死了那名跑在后面的养路工。接着，敌人又对新义州站的设施进行持续轰炸，车站所有股道和房屋站舍，全被炸毁。

敌人的飞机走后，戴永福看着眼前的一片废墟，痛恨之余，猛然想起王浩然当晚正在新义州站的公寓里休息，而那座公寓，也已被炸，于是急忙和另外一名姓卫的战友分头去寻找王浩然。天亮后，那名姓卫的战友拿着一块从废墟中刨出来的后脑勺，告诉戴永福，王浩然已经牺牲了。戴永福不相信，他还想继续去废墟中去寻找王浩然，但那名姓卫的战友告诉他，王浩然的后脑勺有块胎记，自己正是凭着胎记辨别出这块后脑勺的主人是王浩然。

戴永福听了，泪如雨下。他把悲痛化为力量，投入铁路运输中。

刚到朝鲜的时候，戴永福与一名朝鲜中尉相识并在一起工作。当时，那名中尉整日郁郁寡欢，他对戴永福说，不相信中国

遭遇轰炸的大桥

人民志愿军能帮助朝鲜人民打赢这场战争。1953 年 7 月，朝鲜战争胜利后，戴永福再次见到那名朝鲜中尉，这一次，那名中尉由衷地向他竖起了大拇指。

戴永福知道，那大拇指，不是为他一个人竖起，而是为所有的中国人民志愿军战士、为伟大的中国人民而竖。

给战友的军功章

受访人：王清明

中共党员，河北井陉人，退休职工，1930年出生，入朝时20岁。

王清明入朝后，编入铁道兵部队中，和战友一次次冒着敌人的炮火，抢通连接前后方的铁道线和铁路大桥。1952年底，部队决定给他一个三等功的奖励，荣誉面前，一直冲在前面的王清明，这次却"后退"了。虽然他也很想拥有一枚军功章，在战争胜利的时候佩戴在胸前回到自己的祖国，但他说："我是班长，应该把荣誉让给其他战士。"

在战场上，能够获得一枚军功章，几乎是每一名战士的心愿，而太原工务段的王清明，却在朝鲜战场上把原本属于自己的军功章，让给了战友。每当提起此事，他都会说："我是班长，应该把荣誉让给其他战士。"

一名铁路职工，怎么会成为部队上的一名班长，又怎么会立下军功，这得从王清明当年参加抗美援朝说起。

王清明是河北人。1948年8月，随着山西晋中解放，太原战役即将打响，榆次铁路工程队需要招收一批工人，抢修铁路线。当时，王清明的父亲正在工程队工作，参加完晋中战役的支前任务后，给老家写信一封，让儿子王清明速来榆次参加招工。就这样，王清明成了榆次铁路工程队的一名养路工。抢洋镐、抬枕木、扛钢轨，和大家一起抢修因

王清明

战火而中断通行的正太铁路以及诸多铁路桥梁。1949年4月24日，太原总攻战役打响。早上8点，王清明和工程队的同事接到命令，立刻沿着榆次往太原方向抢通铁路。当时，攻打太原的战役还在进行，榆次铁路工程队分两支队伍展开抢修，王清明属于第二抢修队。在枪炮声中，王清明和大家对通往太原城的铁路进行抢修，傍晚时分，终于抢修至太原。此时，王清明看到，敌人撤退时破坏的房舍、工厂以及车辆等铁路设施，还在燃烧，于是和同事进行扑救。

太原解放后，榆次铁路工程队撤销，合并到太原铁路局太原工务段，王清明成为太原工务段的一名养路工，父亲则调回石家庄工作。1950年朝鲜战争爆发后，19岁的王清明申请赴朝作战，但单位前三批赴朝的名单中，都没有他。1951年9月13日，太原铁路局又有300名职工奔赴朝鲜，五天后的9月18日，王清明所在的单位突然接到一个紧急通知，要求马上组织四名身体好、素质高，最好是经历过战争的养路工立刻赴朝。青年团员王清明完全符合上述条件，在"紧急召唤"中，他被批准入朝作战。

接到通知的第二天，王清明和单位其他三名同事苏小二、李仁香、郝来真以最快的速度，准备动身前往沈阳集合。

出发前，为了不让家人担心，王清明决定瞒着父母，但他和父亲都在铁路系统工作，且之前在同一个单位，所以，他去朝鲜的事情很快便被父母知道了。9月19日傍晚，当王清明所乘坐的列车路过石家庄火车站时，他的父母已经焦急地在站台上等候了。列车一停下来，他们便一节一节车厢寻找自己的儿子。此时，坐在车厢里的王清明猛然看到了站台上那熟悉的身影，急忙起身，下车与父母相见。

1951年9月太原铁路局政青工会支会欢送志愿赴朝工作同志合影

儿行千里母担忧，何况，王清明要去的，是异国他乡的战场。

父母看到儿子，一把将他拉住，千言万语竟一时不知该从何说起，唯有用不舍的目光注视着儿子。

列车在石家庄站只停靠三分钟，没有留给他们太多的话别时间。开车的铃声很快便响了，听到铃响，王清明的母亲来不及嘱咐儿子什么，便含着眼泪，将一包东西忙塞到王清明的怀里，父亲则一把将他推上列车，让他放心去朝鲜，不要惦记家里。

列车开动后，王清明在车上看着窗外站台上渐渐远去的父母，看着他们满脸、满眼的不舍之情，眼眶也湿润起来。

回到座位上后，王清明打开母亲塞给他的那包东西，发现原来是四块儿圆圆的月饼，他这才想起，眼下正是中秋佳节。

捧着四块儿月饼，王清明的眼前又浮现出了与父母在站台上匆匆相见和分别的情景，后悔自己不该瞒着父母去朝鲜。因为，他相信父母一定会理解自己的选择，也一定会支持自己去保家卫国的行为。

四块儿月饼，王清明分给一起前往朝鲜的工友。大家接过月饼，谁也不舍得吃一口。因为这块儿小小的月饼，让他们都想起了家人。

到达沈阳后，王清明他们四个人换上志愿军的服装后，没有像其他铁路职工一样被分配到某个车站，而是被分配到了铁道兵团第四师（以下简称"铁四师"）。铁四师的前身是解放军第四野战军铁道纵队直属桥梁团，成立于1946年，是中国共产党在东北建立的第一支铁道武装部队，也是一支特别能战斗的部队，解放战争时期，曾参加过东北哈长、华北津浦、西北陇海、西南湘桂等铁路和铁路桥的抢修。1951年6月20日，铁四师以直属桥梁团为基础正式组建，编为中国人民志愿军铁道兵团第四师，开赴朝鲜，准备承担西浦至新成川间的铁路抢修任务。

铁四师进入朝鲜后，经过一路的急行军，赶到大同江顺川，开始抢修大同江顺川铁路大桥。当时，这座大桥已经被完全炸毁，水泥桥墩也只剩半截，为了保证钢铁运输线"打不烂、炸不断"，保证军事物资能够得到及时运输，在敌人的疯狂轰炸中，铁四师的战士拼命抢修桥梁，战士们伤亡较重，于是急需从国内各铁路局抽调一批懂铁路桥梁架设和修建的工务职工补充进来。

1951年9月30日晚上，王清明他们从丹东过江，经过一夜赶路，到达铁四师所在的位置，被分配到某团二营二连。

到连队报到后，王清明立刻投入战斗，与铁道兵战士们一起对被炸毁的桥梁进行抢修。西浦至新成川间，有大小桥梁多座，敌人对每一座桥梁都进行了轰炸。为了做到随炸随修，随修随通车，王清明和大家决定住在铁路下方的涵洞中。这些涵洞夏天流水，冬天结冰，常年没有阳光，很不适合居住，但为了能够及时修复被炸毁的线路和桥梁，能够保证钢铁运输线的畅通，将前线志愿军战士所需的物资及时送到，王清明他们克服种种困难，在潮湿的涵洞"安营扎寨"。

1951年11月18日，敌机对西浦至新成川间的铁路和桥梁进行了连续两天的轰炸，6座桥梁被炸毁，11处线路被炸断，王清明和铁道兵们在炮火中，历经13个昼夜的抢修，抢通了桥梁和线路。

不久，营部按照上级指示，准备成立一个侦察班。鉴于王清明能吃苦、反应快，营部决定由王清明担任侦察班的班长。就这样，王清明离开连部，调到营部的侦察班，每天带领一名电话员和两名铁道兵战士，侦察长林至东元两站之间九公里范围内的铁路有无遭到敌人破坏。

侦察班的任务，并不比抢修铁路桥轻松，因为他们时时处于与敌人打交道的临战状态。这对于王清明来说，无论是个人胆量，还是应变能力，都是一次全新的锻炼和考验。

两条钢铁动脉，常常被敌机投下的炸弹炸断。而几乎每一次，王清明带领的侦察班都能在炮弹爆炸的硝烟中，第一时间把铁路被炸断的具体位置传回营部，为抢修铁路争取宝贵的时间。

长林与东元之间，不仅有铁路线，还有三座铁路桥梁，分别是沸流江第一桥、沸流江第二桥和沸流江第三桥。沸流江是朝鲜境内的一条河流，1952年元旦刚过的第二天，中国人民志愿军战士罗盛教就是在这条河的上游，为救一名朝鲜落水儿童而牺牲的。

沸流江上的三座铁路桥梁，经常遭到敌人轰炸的是第一桥和第三桥，因为这两座桥梁，分别位于长林站和东元站的进站口处。炸断这两座桥梁，一是意味着新成川和阳德之间的铁路被拦腰斩断，二是意味着志愿军的补给物资将无法进入长林和东元两座车站，更无法运往前方阳德、泉城和高原、元山等地方。因此，王清明把位于新成川与阳德间的沸流江第一桥和沸流江第三桥作为侦察的重点。一次，王清明和大家刚侦察到沸流江第三桥附近，突然，敌人的飞机从远处飞来，他急忙指挥大家跑到桥下，隐藏起来。待敌人的飞机远去后，王清明让其他三人不要动，自己先出去侦察一番，谁知就在他刚从桥下走出来的时候，敌人的飞机掉头飞了回来，对着王清明一阵射击。如果此时自己跑回桥下，势必会暴露隐藏在桥下的三名战友，情急之下，王清明朝附近一座废弃的院子跑去，把敌人的目光吸引了过来。

在敌人的扫射中，王清明一边跑，一边躲，很快钻入院中一间狭小的屋子里。敌人在空中看不到他的踪影，对着院子盲目扫射了一番之后才离开。事后，营部领导得知此事，表扬王清明在危急时刻，保护了战友，避免了一次战士伤亡事件的发生。

在侦察中，王清明他们不仅会遇到敌人的炸弹，而且经常遇到敌人释放的毒气。一次，他和大家刚侦察到沸流江第一桥附近，发现头顶上悄悄飞来一架敌人的飞机。就在王清明准备让电话员向营部汇报这一敌情时，敌人的飞机在空中向他们投下了一枚奇怪的"炸弹"，这是一枚少见的"炸弹"。这时，警惕性极高的王清明闻到一股异样的气味，他猛然想到这是一枚毒气弹，于是对大家喊道："不好，毒气弹，快捂鼻子。"在他的指挥下，大家用手或毛巾捂住口鼻，快速朝远处的山洞跑去。

尽管王清明每一次都十分小心谨慎、机智勇敢，但他所带领的侦察班，还是会有人员牺牲。1952年秋日的一天，王清明带着侦察班在晨曦中又出发了。当他们侦察到一座山涧中的时候，突然听到从附近山顶上传来司号员的吹号声。司号员的位置，一般在四周最高的山顶上，视野开阔，易于早早发现敌机。王清明听到号声，知道敌人的飞机快要来了，于是忙带着大家朝附近的山洞跑去。但其中一名叫杨家雄的战士，却没和大家一起跑向山洞，而是朝另一个小山洞跑去，敌人的飞机飞来后，一下子发现了杨家雄，追着他朝小山洞口扔下一枚炸弹，炸弹滚入洞中，当场炸毁了山洞，炸死了杨家雄。

杨家雄牺牲后，作为班长的王清明，心中十分难过，他认为，是自己没有保护好这位和他年龄相仿的战友。不久，侦察班又补充进来一位贵州籍的战士，面对这位小战士，王清明倍加关心和爱护。一次，他们在侦察途中，遇到了敌人的飞机，在敌人的扫射中，那名贵州籍的战士遇到了危险，王清明看到后，快步飞奔上去，扑到他的身上，用自己的身体保护了那名战士的安

流沙

全……

在执行每一项任务的过程中，王清明把每一名战士都当作自己的亲人一样看待，在危险面前，他常常冲在最前面，一次次保护着别人的安全，出色地完成着侦察任务。1952年底，部队决定给他一个三等功的奖励。荣誉面前，一直冲在前面的王清明，这次却"后退"了，他把这个荣誉，让给了侦察班的一位湖南籍战士。虽然，他也很想拥有这枚军功章，在战争胜利的时候佩戴在胸前回到自己的祖国，但作为班长，他知道自己应该怎么做。

1953年7月27日，朝鲜战争胜利后，王清明随部队赶到阳德站，对被敌人炸毁的阳德站进行修建。同年11月，他随铁四师部队回国，到陕西渭南一带休整。两个月后，铁四师准备开赴大凉山，参加宝成铁路建设，这时，王清明才返回了自己的原单位——太原工务段。

每当有人问他，你在朝鲜战场上立过什么功、受过什么奖时，王清明都会说，我没立过功，也没受过奖，我只是完成了我该完成的任务。

后来，人们得知他在战场上把自己的荣誉让给了别人，又都不解起来，但王清明说："我是班长，应该把荣誉让给其他战士。"

留在朝鲜的列车

受访人：刘宝成

中共党员，天津人，退休干部，1931年出生，入朝时20岁。

一天，刘宝成他们驾驶着机车，牵引着一批重要军事物资行驶在素有"打不烂、炸不断"之称的钢铁运输线上。敌人的飞机盘旋而来，轮番轰炸。敌人不相信，一列小小的中国列车、几名小小的中国火车司机，能够在自己的封锁区段逃脱掉。可是，刘宝成他们的这台机车，却在敌人的轰炸中，穿过深山，越过河流，朝着前线奔跑着。那一刻，他们做出了一致选择：让我们为了祖国的安宁，牺牲自己吧！

朝鲜战争期间，敌人对铁道运输线的轰炸，一是集中炸线路、大桥，二是集中炸火车。这两者，毁坏其一，都会让中国人民志愿军在朝鲜前线所需的物资供给受到影响。令敌人万万没有想到的是，中国铁路工人在不断的轰炸中，与铁道兵战士一起英勇地抢修铁路，将一列列物资运往前线。

太原机务段的刘宝成老人，就曾是这万千铁路工人中的一员。

刘宝成出生于1931年，抗日战争期间，为躲避战乱，父亲带着他们一家人从天津前往承德，之后又先后落脚到长春和沈阳。1948年10月17日长春和平解放后，满洲里到长春的中长铁路开始招工，18岁的刘宝成顺利成为一名火车司炉工，先是在皇姑屯机务段工作，两个多月后，被调入长春机务段，接着又调入沈阳机务段。1950年10月，随着中长铁路机构调整，刘宝成调往太原铁路局太原北站机务段，不久，他成长为一名副司机。

1951年10月，为响应党和国家的号召，刘宝成所在的车班积极报名参加抗美援朝战争。在此之前，他们的同事郑明杰等人已经陆续赴朝，并写信告知他们朝鲜战场的情况，希望他们也能到战场上保家卫国。不久，刘宝成他们的申请得到批准，在本班

司机单寿山的带领下，刘宝成与王思义、郭连科、王泽瑞等六名
机车乘务员准备入朝作战。

1951年3月24日，太原北站机务段1545号机车包乘组欢送首批赴朝职工

　　按照命令，他们六人从太原赶赴沈阳，并在沈阳与古冶机务
段（现唐山机务段）的王德顺等三名机车乘务员会合，九个人组
成了一个完整的机车车班，然后驾驶莫克1-2028号机车前往丹
东。在到达丹东的当天夜里，他们便接到命令，连夜拉着一列物
资，过江奔赴朝鲜战场。

　　在战火连天的朝鲜战场，他们按照统一规定，夜间驾驶机车
运送物资，白天则将机车开进山洞或隐蔽处所，封住炉火，隐藏
起来。但有一次，由于前线紧急需要一批物资，他们便冒着危险
白天运输。

　　那是他们刚到朝鲜不久的一天，刘宝成他们的机车与另外一
台机车共同牵引着一列重要物资，从我国的丹东出发，向朝鲜前

线而去。这样的运输组合方式，可以说是极其特殊的。因为当时一列机车牵引8节车厢，遇到敌人易于隐蔽。而两台机车，前后相连起来，就有16节车厢，这无疑增加了隐蔽的难度。而且一旦在途中被敌人发现，两台机车不易解编、分开，遇到轰炸，很可能一损俱损、一亡俱亡。

而开行这样的列车，必定是前方战事所需。

因此，即便面临再大的危险，入朝的每一名机车乘务员都会勇敢地接受这样的特殊任务。刘宝成他们也一样，在单寿山的带领下，将2028号机车与另外一台机车连接好，拉着物资共同向着最危险的地方出发了。其中，刘宝成他们的机车，位于后方位置。

临近新成川车站，前方的机车先一步进入车站，此时的新成

刘宝成（中）在朝鲜与司机单寿山（右一）、司炉郭连科（左一）合影

川站，没有敌机，也没有炮火，于是前方机车根据车站信号，开始正常的减速、撂闸，准备停车。而就在此时，刘宝成他们听到从后面传来了一阵异样的声音，负责瞭望的刘宝成急忙把脑袋伸出窗外，仔细一看，原来是敌人的飞机从后面追了过来。

"快！敌人的飞机来了，快往前开！"刘宝成急忙告诉司机单寿山。

单寿山此时也想开着火车加紧往前行驶，可是，此时，与他们紧紧连接在一起的前方列车，还在减速，做停车准备。

那时候，前后方机车的联系，还相当落后，尤其是在朝鲜战场上，基本上全靠人工传话。但现在敌人的飞机马上就要飞到新成川站了，人工传话肯定是来不及。紧急时刻，刘宝成接过司炉郭连科手中的铁锹，埋头使劲往炉膛里添起了煤。司机单寿山看到后，立刻心领神会，他开足气门、加大马力，使劲把前面的机车和八节车厢顶着往前跑。此刻，前方的机车正在减速，看到后方机车使劲把他们往前顶，预感到情况不妙，朝后一看，果然看到不远处的空中，飞来了几架敌人的飞机，于是急忙停止减速，也打开气门、开足马力，配合后方机车朝前面山洞驶去。就在这时，敌人的飞机飞了过来，追着这列车投下几枚炸弹，刘宝成他们机车后面的一节车厢，顷刻间被炸成了两截。

事后，他们都为这次的轰炸感到"后怕"，如果不是刘宝成反应迅速、机智果断，采取非正常措施，那么，整列车就可能全被敌人炸毁了。

离开新成川车站，这列特殊编组的列车驶过高山、越过河流，继续朝前行驶着。但躲过了敌人的一次轰炸，并不代表接下来的路途就没有了危险。那一天，当刘宝成他们到达前方车站没多一会儿，机车站站长便气喘吁吁地跑来通知他们：出现敌情，抓紧时间下车到防空洞里躲避。

接到机车站站长的通知，刘宝成他们立刻下车，可就在他们前脚刚刚离开机车，还没跑进防空洞的时候，敌人的炸弹便投了下来，炸弹一下子炸毁了机车驾驶室和后面的宿营车……

而在离他们不远的地方，同样负责往前线运送物资的一个石家庄机车乘务组，连人带车也遭到了敌人轰炸，九名乘务人员，当场全部牺牲。

在敌人不间断的轰炸中，刘宝成他们运送物资时更加小心了。但不久，他们在执行任务时，再次遭遇到了敌人的袭击。

那是一个秋风瑟瑟的黎明，他们的机车拉着一列物资刚刚行驶到渔波站，敌机就尾随而来了。渔波站距离著名的打不烂、炸不断的钢铁运输线只有两三里地。这里两头有山，中间有洞，来往的机车白天一般都会在这里躲避，因此，这儿也成了敌人的重点封锁区，每天，敌机都会到这里进行数次扫荡，投下的炸弹更是不计其数。

那天，在黎明的夜色中，刘宝成他们驾驶着机车到达渔波站，还没来得及将整列车开进山洞，敌人的飞机便朝渔波站飞了过来，而且，这一次，敌人采取的是连环炸弹袭击的方式。为了躲避炸弹，刘宝成他们跳下机车，紧急向山洞里转移。这时，一名和他们同去朝鲜的年轻司炉，不小心被一块儿石头绊倒在地，就在大家准备上前去扶起他时，一枚炸弹落在了那名年轻司炉的身旁。

"别过来，危险。"在那名年轻司炉的喊声中，炸弹爆炸，那名年轻的司炉，当场牺牲。

年轻司炉的牺牲，激起了刘宝成他们心中的愤怒，更加坚定了他们多运物资到前线打击敌人的决心。那时候，在朝鲜的每一台机车，都对应保证着前方一个团的供给。刘宝成他们也一样，驾驶的机车保证着一个团的粮草和枪支弹药供给。在单寿山的带领下，刘宝成决心排除万难，即便牺牲自己，也要保证前方志愿军战士的供给，帮助朝鲜人民早日打败侵略者。

1952 年的一天，刘宝成他们车班再次接到一项紧急运输任务，而这次的运输路线要经过新安州和西浦，这里，是敌人的一个封锁区段，因为这一区段，是我志愿军的重要补给线，更是敌人的眼中钉、肉中刺。因此，当时敌人对这一区段投入的机型之多、轰炸之集中，是极为罕见的。为了实现封锁目标，敌人对封锁区段每两小时轰炸一次，为的就是坚决、彻底地阻拦住中国铁路工人正在进行的铁道运输，让中国人民志愿军在前方战场无粮草、无弹药，断炊断粮、荷枪虚弹。但他们的如意算盘，却落空了。

这一天，刘宝成他们正驾驶着机车，牵引着一批重要军事物资，行驶在素有"打不烂、炸不断"之称的钢铁运输线上。敌人的飞机，盘旋而来，朝着他们轮番轰炸，敌人不相信，一列小小的中国列车、几名小小的中国火车司机，能够在自己的封锁区段逃脱掉。可是，刘宝成他们驾驶着机车沿着钢轨，一会儿钻入长长的山洞中，一会儿钻入茂密的树林中，一会儿又利用敌机掉头向前疾驶。

封锁区内，有一座大桥。此刻，大桥已被炸断，铁道兵战士正在大桥旁紧急架设一座便桥。为了保证架桥速度，便桥上用的木排都是按照标准的尺寸提前钉好的，只待天一擦黑，便搭起来，然后在上面铺上两根钢轨，保证列车通过。到了白天，将便桥立刻拆除，从而避免被敌人炸毁。

刘宝成他们驾驶的列车到达的时候，铁道兵战士刚把便桥搭起来，准备保护他们的这趟列车通过。

便桥很轻，刘宝成他们机车那次拉的物资较重，火车刚一开上便桥，桥身便吱吱呀呀，左右摇晃起来，如果继续前行，便桥很可能出现垮塌，机车和物资也将坠入江中，导致车毁人亡事故。因为就在不久前的一天，一列编号为2041号的机车在南大同江便桥上，发生了坠江。

而此时，敌人的飞机也正朝便桥这边飞来。

是后退回山洞，还是闯过便桥？前进，必死无疑；后退，尚可保存性命。

机车上的每个人，都陷入了严峻的思考。

这时，刘宝成他们想起了出国前立下的"抗美援朝、保家卫国"的誓言，想起自己运送的这批物资，是前线某团正急需的枪支弹药，如不及时运到，整个团就可能要遭受到巨大的危险。

即便牺牲，也要闯过便桥，把这列物资送到前线！刘宝成他们很快做出了一致的决定。

头顶，飞机在不停地盘旋，瞄准他们的机车作为轰炸目标；前方，便桥如一叶小舟飘摇在宽阔的江面；桥下，汹涌的江水奔流着向前而去。

就让我们为了祖国的安宁，牺牲自己吧！

刘宝成他们忘记了危险的存在，驾驶着机车，慢慢地开上便桥。便桥再次摇摆起来，吃力地承受着机车的巨大重量。刘宝成他们在摇晃中稳定了一下自己的心，然后努力排除一切干扰，镇定地手握闸把，凝视着前方。

列车先是一米、两米，再是八米、十米，慢慢地挪向便桥、挪向桥中间、挪向桥对岸……

一座桥，往日只需一两分钟便可跨过去的铁路桥，刘宝成他们却足足用了十多分钟。在这十多分钟里，敌人投下的炸弹，紧挨着他们的机车和后面车辆不时爆炸，在江面上掀起阵阵巨浪。

巨浪包围着便桥、包围着列车，也包围着刘宝成他们……

在这样的包围中，火车稳稳地前行着。终于，机车上岸了，车辆上岸了。待整列车上岸后，刘宝成他们开足马力，驾驶着机车朝前面的深山而去，让敌人的飞机找不到踪影。

前方战场急需的物资按时运到了，一个团的补给及时供应上了，刘宝成他们在战火中，也经受住了生与死的考验。

1953年7月27日，《朝鲜停战协定》在朝鲜板门店正式签字。刘宝成与其他铁路职工一起，在协助朝鲜人民对战后的铁路设施进行恢复后，陆续返回祖国。1953年12月28日，刘宝成他们车班准备返回祖国，临离开朝鲜的时候，他们按照上级指示，将陪伴他们在朝鲜战场"冲锋陷阵"两年之久的莫克 1—2028 号机车留给了朝鲜人民。

战争胜利后,刘宝成(左上一)车班将机车留给朝鲜人民

每当回忆起往事,这位年已九旬的老人总会欣慰地说:"在战场上,我们的机车始终保证着一个团的供给。虽然我们也曾直面过流血牺牲,但从没有一个人因此想过后退。我们铁路工人与志愿军战士,共同战胜了强大的对手,就连美国'绞杀战'的倡导者及执行者、第八集团军司令、第五任航空队情报部门和远东舰队司令都不得不承认,海陆空全力摧毁朝鲜的共军供应线的图谋,已彻底失败。"

老人还说,能用自己的青春去保卫祖国,是他一生中最光荣的事情。

只剩我了

受访人：刘万益

中共党员，临汾土门人，退休干部，1935年出生，入朝时17岁。

为了能够抗美援朝、保家卫国，刘万益悄悄修改了自己的年龄。一次，他和战友执行了一项特殊命令，驾驶机车到距离上甘岭阵地最近的火车站等待从前方阵地上撤下来的志愿军战士。可是几天几夜过去了，他们也没等到撤下来的志愿军战士，哪怕是一名伤员，也没有见到。刘万益不明白，自己的机车，明明曾经向这个位于朝鲜中部金化郡五圣山南麓村庄的阵地运送过志愿军，也运送过物资，如今怎么连一名战士也没见到。几天后，在敌人的轰炸中，车班其他八名战友全部遇难，只有刘万益一个人被救了回来。

清明，春和景明。每年的这个时节，人们都会思念家中已故的亲人，尤其是那绵绵的春雨，更是给这种思念凭空增添了几分惆怅、几分忧伤。

家住临汾财经巷铁路小区的刘万益老人，在每年清明到来的时候，都会情不自禁地打开家中的那本老相册，和一张老照片上的故人"说说话"。

照片上的人，和他没有血缘关系，却让他一生难忘。

这是一张摄于1952年冬天的照片，距今，已经过去了70个年头。拍摄照片的地点，是吉林通化的集安，距他生活的山西临汾相隔好几千公里。但是，每次摩挲着这张照片，老人都能清楚地忆起自己和照片上八名同事拍摄时的点点滴滴。

那是1952年11月的一天，他和同事从距离朝鲜上甘岭最近的一个车站，驾驶着机车返回国内的集安。上甘岭战役当时打得很激烈，他们的机车在距离战场最近的火车站等待了几天几夜，也没等到撤下来的志愿军战士，哪怕是一名伤员，也没有见到。刘万益不明白，自己的机车，明明曾经向这个位于朝鲜中部金化郡五圣山南麓村庄的阵地运送过志愿军战士，也运送过物资，如今怎么连一个战士也没见到。

几天几夜后，按照命令，刘万益他们开车离开上甘岭附近，返回国内。

那是他们进入朝鲜半年来，唯一一次空车去、空车回的运输。回来的路上，大家沉默不语，因为他们隐隐约约猜到了为什么上甘岭战场上没有志愿军战士撤下来。

"当时，我们一直在附近等着，远处的炮声震得地动山摇，有的炮弹还落到了我们机车旁，但我们严格执行命令，无论发生什么情况，都不许下车，等着志愿军撤下来，马上启动列车，把他们拉回来。可是到最后，我们一个都没等到，几乎都牺牲了。"每当回忆起这些，刘万益老人的心情都久久不能平静。

老人所提到的，就是后来闻名于世的上甘岭战役。在这场历时43天的战役中，敌我双方火力之密集、争夺之频繁、战斗之激烈，均为世界战争史上所少见，我们后来所熟悉的战斗英雄黄继光、邱少云、孙占元等人，也是在那次战役中涌现出来的。许多志愿军战士，更是至死都没有离开阵地。

那次回到集安，车班九个人心照不宣地共同想到一件事，那就是到当地的照相馆，拍一张合影。

说是合影，其实大家谁都知道，这是为分别做留念。因为此时，他们每个人的内心，都做好了随时牺牲在朝鲜的准备。

九个人中，刘万益最小，刚17岁，是车班的一名司炉，此时，牺牲对他而言，就像是要完成一件很普通的任务一样。

"国家需要我们，我们就去牺牲，没有什么应该或者不应该

1952年11月,车班九名同事合影留念(前排右一为刘万益)

的。"70年后,面对来访者,老人依旧重复着当年的那句话。

1935年出生的刘万益,是临汾土门李仵村人。1951年9月,他从太原铁路技校机车司炉班毕业,被分配到运城机务段工作。当时,和他一起到运城机务段报到的,还有同班的13名同学。

第二年的5月初,在抗美援朝的号召中,刘万益和其他十名同学向单位递交申请,志愿赴朝。很快,其他十名同学的申请,得到了批准,唯独刘万益的申请,没有被批准。他急忙找到单位领导,问询缘由。原来,他此时虽然已是一名青年团员,但由于年龄不满18岁,没有达到单位规定的赴朝条件。

弄清楚原因后,刘万益抓紧时间回了一趟临汾老家,瞒着父母让村干部给自己开个证明,证明自己已经年满18岁。村干部不解地问他要这个证明做什么,他神秘地告诉村干部:"好事。"

村干部一听是成人之美的事，没再多问，就给刘万益开了证明。

靠着这张18岁的假证明，刘万益被批准奔赴朝鲜。

1952年5月16日，刘万益与运城机务段的工友们告别，在大家的鼓励声中，他和李文学、许根管、习金、梁怀报等十五人乘坐火车，前往沈阳。

在沈阳换装后，他们被统一安排到通化机务段报到。于是，他们背上志愿军行囊，赶到通化。原以为很快就会进入朝鲜，直接参与到朝鲜战场的运输中，但到了通化才知道，由于他们在山西南同蒲铁路上驾驶的机车，属于窄轨机车，与标准轨距的机车不一样，所以需要先进行一段时间的培训。

一个月后，刘万益和同事结束培训，被分别安排到不同的机

运城机务段全体团员青工临别留念（前排左三为刘万益）

车上。

刘万益所在的车班，司机、副司机和司炉共九个人，来自全国七八个铁路局，有南方的、有北方的，大家在一起说话，南腔北调，各种方言都有。尽管口音不同，大家抗美援朝、保家卫国的决心却都是一样的。

司机长是安溪机务段一名经验丰富的司机，他看刘万益既年轻，又有文化，就让刘万益担当车班的小组长，工作之余，把机车每天的运行情况和车班工作记录下来。

上车后的当天晚上，刘万益便跟着车班的师父，驾驶着机车从通化到集安，然后牵引着一列军事物资，驶过鸭绿江大桥，奔向朝鲜战场。

那是刘万益第一次进入战场，虽然之前他已有充分的思想准备，但在皎洁的月光下，他看到的却是令他触目惊心的情景：铁道两旁，到处是大大小小的炸弹坑，到处是被炸毁的火车和汽车，到处是被摧毁的房屋和树木。这些残骸的影子，在夜色的包裹中和月光的映照下，显得那么孤独、苍凉。

进入朝鲜后不久，刘万益便发现朝鲜山多、山洞多，有的地段，山洞一个接一个。当时，他们机车的门窗全部按照要求用防空布蒙着，遇到上坡和过山洞，炉膛里冒出来的浓烟和飞出来的煤屑、火星在驾驶室飘不出去，总是把他呛得不能呼吸、晕头转向。司机看到后，提醒他爬坡和过洞时，投四五锹煤，就赶紧把脑袋扎入水桶里。这个办法果然奏效，于是后来每次值乘，他都如此重复，往往一趟车下来，干干净净的一桶水，被他的脑袋扎进扎出，变得乌黑浑浊。

在朝鲜的日子里，刘万益总是保持着昂扬的斗志，无论遇到什么危险，从来没有退缩过。1952年的秋天，刘万益被挑选出来，参加党组织举办的学习班。两个月后，思想得到进一步提高的刘万益归队，回到原来的机车上，再次进入朝鲜。不久，他们车班接到前往上甘岭战场附近，将志愿军战士运回来的命令。但是，那次他们却连一名志愿军战士也没接到，这对年轻的刘万益触动很大。

那次从上甘岭战场附近回到集安后，车班九个人拍了合影，每人珍藏一张，但不久，除了刘万益，其他八张照片，却都同时失去了主人。

那是1953年4月的一天，他们的机车在黑夜中拉着一列物资，向前线奔驰着。这是一列载有食物和炮弹的列车，刘万益他们很想早点把这批物资送到前线，让志愿军战士们粮草充足、作战无忧。

当他们的机车行驶到熙川站时，天色放亮，按照命令，他们将整列车开进熙川站北1号山洞，以躲避敌人白天的袭击。

机车进入山洞后，车班配合地面检车人员，对机车和车辆进行检查、修理，以保证夜间继续正常向前方行驶。

午饭后，轮到刘万益站岗，于是，他背着枪，来到洞口。此时，正是春天，洞口的山坡上，披上了绿意，阳光下，一株株树木、一丛丛野草，正生机勃勃地成长着。这样明媚的阳光，刘万益好久都没遇到了，长期的夜间行车，让他几乎忘记了还有白天，还有这么美好的阳光、生命。但刘万益没有沉浸在这美好中，他知道自己的任务，一是防特务，二是防敌机，因此，他警惕地守在洞口。

下午4点钟左右的时候，太阳稍微西移，想到再过两三个小时，自己的机车就又可以出发，给前线志愿军战士送粮送弹药了，刘万益就迫不及待地盼望着天快点黑下来。这时，一阵隐隐约约的声音，从山背后传了过来，他扬起头，辨别着这个声音的来源方向，突然，一架敌机鬼鬼祟祟地出现在他的眼前。

不好，是敌机！刘万益急忙端起枪，扣动扳机，准备鸣枪告诉洞内的人员。然而，敌人的炮弹，此时已经以迅雷不及掩耳之势斜着抛了下来，抛进了山洞，顷刻间，从熙川北1号山洞传出"轰轰轰"的几声巨响，机车被炸、山洞倒塌，那些刚发芽的树木也被连根拔起，倒在洞口。刘万益在轰炸中，晕倒在地，不省人事。

不知过了多久，也许是三天，也许是五天，刘万益渐渐清醒了过来，醒来后的他，发现自己躺在病床上，再一细问，原来自己已被卫生人员从朝鲜送回到沈阳的一家医院。

醒来后的他，渐渐想起发生在熙川北1号山洞口的那一幕，想起敌人的炸弹和机车上的战友们。此时，他的脑子一阵阵地轰鸣着，身上也到处疼痛，但他顾不上这些，起身要求下床。一名和他年龄相仿的医护人员上前拦住他，问他要干什么，他说想去看看自己车班的同志。这时，那名年轻的医护人员告诉他，车班其他八人已经全部牺牲，只有他一个人被送回国内救治。

新组建的车班合影（后排右二为刘万益）

刘万益听了，不由得"啊——"了一声，随之身子一晃，倒在地上。

一周后，身体尚未痊愈的刘万益找到领导，要求重新返回朝鲜战场，回到铁路运输的行列中。领导看他身体还没恢复，劝他再治疗一段时间，可刘万益说什么也不肯再留下来。他强烈恳求领导，也一再表明决心，领导看他如此执着，也理解他要返回朝鲜战场的心情，于是批准了他的申请，让他继续到通化机务段报到。

刘万益得到准许后，回到病房，不顾医生的阻拦，三下五除二便把自己的东西收拾停当，然后一刻也不耽搁地赶往通化机务段。

当时，通化机务段的所有机车乘务人员，都以为刘万益他们车班九人在熙川北1号山洞中全部遇难，所以，当刘万益背着行李出现在大家面前时，所有人都愣住了，接着是一阵欢喜。尤其是和刘万益一起从运城机务段前往朝鲜战场的那些同事，见到他时更是喜极而泣。

也是在这一次难得的重逢中，刘万益得知自己一位叫习金的好友，在不久前的一次运输中，牺牲在敌人的轰炸中。刘万益听了，在心中暗自发誓，要替那些牺牲的战友，完成剩下的任务。

在通化机务段，刘万益被分配到另外一台机车上，这是一台先进机车，在这台车上，他和大家执行的几乎都是最危险的运输任务。其中有一次，他们前往仁川附近运送物资，这样的任务，并不多见，有去无回的可能性极大，但作为这台先进机车包乘组的一员，刘万益没有后退。他在给自己父母寄回的信件中写道：儿若牺牲，也是为国，请你们不要悲痛，也请原谅儿子的不孝。

"从报名要求去朝鲜的那一天起，就没想着回来，这不是我一个人的想法，而是当初我们所有去朝鲜的铁路工人，都是这么想的。"每当回忆往事，老人都说得很平淡，似乎，那只是他人生中一个普普通通的选择。

1953年10月，在朝鲜战争结束三个月后，刘万益回到祖国，回到山西，当时，他的原单位——运城机务段已经撤销，合并到了临汾机务段，于是，刘万益到临汾机务段报到，不久，单位同事和领导发现他无论是在工作中，还是生活中，经常出现严重头疼的现象，且整夜整夜处于失眠状态，于是便向上级汇报了他的情况。不久，铁道部安排刘万益到北京协和医院进行检查治疗，原来，刘万益在朝鲜熙川北 1 号山洞的那次轰炸中，脑神经受到了严重的损伤，在北京协和医院断断续续进行了三年的治疗后，刘万益返回岗位。并在接下来的几十年中，一直靠药物来减轻脑神经损伤带来的影响。

如今，当年的那场战争，已经远去，刘万益老人，也已是耄耋之年。每当有人问他，对当年修改年龄，奔赴朝鲜战场并落下这样的后遗症后不后悔时，老人总会拿出那张特殊的合影，深情地抚摸着照片上每一张年轻的面孔，一言不发。他用无声的行动，告诉提问者一个答案。

那答案只有三个字：不后悔。

会跳舞的炸弹

受访人：田立都

　　中共党员，山西太原人，退休干部，1936年出生，入朝时16岁。

　　田立都是入朝铁路工人中年龄较小的一位。一天，他们驾驶的机车正拉着一列坦克和喀秋莎大炮向前线行驶，半夜，列车刚要进入熙川站，敌人的三架飞机便飞来了，对着地面进行狂轰滥炸。轰炸结束后，熙川站的股道全被炸断，站舍也成了残垣断壁。这是田立都入朝后经历的第一次敌机袭击，16岁的他，对战争有了更深刻的认识。不久，在一次军事运输中，他的几名战友被敌人的炸弹夺去了生命，面对流血牺牲，作为中国青年，田立都没有丝毫畏惧。

2020年10月下旬，家住太原建设北路的田立都老人，收到了中共中央、国务院、中央军委颁发给他的"中国人民志愿军抗美援朝出国作战70周年"纪念章。手捧着这枚纪念章，老人在激动之余，又想起了那场远去的战争。

　　1951年3月，刚15岁的田立都参加太原铁路局招工，成为太原南站机务段的一名机车检修工，当时，朝鲜战争已经爆发半年多了，太原南站机务段也已有司机准备赴朝。15岁的田立都

中国铁路职工志愿抗美援朝预备队胸牌

置身于抗美援朝、保家卫国的热潮中，从上班第一天起，便为赴朝作战做着准备。在检车工岗位工作了一段时间后，他向单位提出申请，要求从一名检车工转为司炉工，因为，他听说朝鲜战场上急需司机、副司机和司炉工。

　　段领导考虑田立都上过学，有文化，于是让他到司炉工岗位上去学徒，1952年3月，经过一年的学习锻炼，田立都从一名学

徒工正式转为司炉工，这一年，他16岁，转为司炉工的第二天，他便向单位递交了志愿赴朝的申请，鉴于他的日常表现，单位将他列入志愿抗美援朝预备队。1952年5月下旬，单位正式批准了田立都抗美援朝的申请。

得到批准后，田立都兴冲冲地回到位于太原郊区的家中，向父母讲明情况。他的父亲是商人，母亲是家庭妇女，当他们得知儿子要上朝鲜战场的选择时，都表示支持他的决定。就连家中最小的弟弟，听说哥哥要去朝鲜打击侵略者，也拍起小手，高兴地欢呼起来。

临出发前，单位举行欢送会，特意请来了田立都的母亲到会场表态发言。田立都的母亲尽管只是一名家庭妇女，但与当时许多母亲一样，有着较高的觉悟，她说："无论是为国，

太原铁路职工家属前来为参加抗美援朝的职工送行

还是为民，我都应该让儿子去帮助朝鲜人民赶走侵略者，保护自己的祖国安宁。"并要求儿子不打败侵略者，就不要回国。

1952年6月7日，田立都与太原南站机务段的程诚、范文才、卫四海、李学文、原忠武、黄德新等十多名同事从太原出发，经北京、天津，到达沈阳，被编入中国人民志愿军八九七部队，换

了服装后，他们十多个人按要求赶到通化机务段。在这里，田立都被分配到莫克1-303号机车上，这是一台由锦州机务段支援抗美援朝的机车，车上已有的八名司机、副司机和司炉，分别来自广州、郑州、济南、太原等七个铁路局的八个机务段。九个人中，田立都年龄最小，被编入老司机杨得志的车班。

人员配齐后，机车从通化开到集安，然后牵引一列军事物资专列，在当天深夜驶过鸭绿江大桥。

那是田立都第一次上战场，刚16岁的他，对战争充满了忐忑，也充满了好奇，列车运行中，田立都透过遮挡窗户的防空布，朝外望去，只见月光下的朝鲜，到处都布满了坑坑洼洼、深深浅浅的弹坑，或重叠，或交错。多年以后，老人回忆起那个场景，依然历历在目。

当时，在我志愿军的多方努力下，敌人对新安州、西浦、价川三角地区的封锁被打破，以空中优势实施的"绞杀战"阴谋被粉碎，我志愿军开始积极巩固反"绞杀战"成果，但敌人仍未放松对铁路的轰炸，战事依旧吃紧。

田立都入朝后，他所在的机车主要负责新成川、价川、元山等前线方向的物资运送，这些地方，都是敌人的重点轰炸地段。因此，他们的机车自入朝后，便屡屡遭到敌人的袭击。一次，他们的机车正拉着一整列的坦克和喀秋莎大炮等军事物资往前线行驶，半夜，列车刚到熙川站，敌人的三架飞机便飞来了，并朝地面张望着捕捉目标。

敌人投下的照明弹，很快把熙川站照得像白天一样，在照明弹的配合下，三架敌机采取每间隔两分钟投下一批炸弹的方式，对地面进行狂轰滥炸。在轰炸中，九名司乘人员无处可躲，危险重重，但此刻他们担心的不是自己的安危，而是一整车的坦克和大炮的安全，于是，一名副司机冒着敌人的轰炸跑向车站防空洞，要求站长立刻下令，让机车开出熙川站。但站长考虑到列车一开动，就会被敌人发现，那样危险更大，所以没有同意副司机的要求。看到这种情况，老司机杨得志趁着敌机轰炸的间隙，在夜色的掩护下，带着几名乘务人员悄悄跳下火车，钻入机车的煤箱和水箱底部，待敌人轰炸结束后，才从煤箱和水箱下钻出来。此时，熙川站的股道全部被炸断了，这是田立都入朝后经历的第一次敌机袭击，16岁的他，对战争有了更深刻的认识，但他，作为一名中国青年，并不畏惧敌人。

朝鲜的铁路，大多与公路毗邻，每到夜间，火车、汽车就会全体出动，常常是火车在铁路上驰骋，汽车在公路上奔跑，各自发挥各自的优势，为前线运输物资。由于火车有固定的运行轨道，即便灭了灯，只要轨道没有中断、前方没有障碍物，也能行驶。但汽车就难以做到这一点，如果没有车灯，四周黑漆漆的一片，汽车在布满弹坑的公路上行驶起来就很费劲，有时甚至还会坠入深坑，而如果打开车灯行驶，又容易被敌人发现，所以，在这一过程中，火车上的乘务人员还担当着给汽车"放哨"的任务。303号机车的"放哨"任务，老司机杨得志把它交给了田立都。

田立都不但年轻，而且脑子特别机灵，常常能在第一时间发现敌人的飞机。当时，部队为他们车班配备了步枪，要求他们在运输途中一旦发现敌机，就立即鸣枪发送信号，提醒公路上的汽车关闭车灯，隐遁起来。有那么几次，正在给锅炉添煤的田立都听到异样声音，通过瞭望确定是敌机尾随而来，便立刻放下手中的铁锹，像一名战士一样拿起步枪，果断地朝着公路方向开枪。枪声穿过黑色的夜幕，特别响亮，正在奔跑的一辆辆汽车听到这清脆的响声后，全都戛然停下，关闭车灯，顺利地从敌人的眼皮子底下躲过。每当看到这些汽车安然无恙地躲过敌机的侦察，田立都觉得特别有成就感。

但这种成就感很快便被更大的阴云笼罩住了。

一次，他们的机车在天亮前行驶至熙川站，按规定开入车站附近的一座山洞中隐蔽了起来。在山洞中，他们与石家庄机务段的一个车班相遇，大家一见面，就像见到了亲人一样，互相问候对方，交流如何甩掉敌人飞机的经验。晌午的时候，除了生病的人员留在车上外，其他人背着干粮，来到车站附近的朝鲜老乡家准备煮口热粥。朝鲜老乡对他们很热情，帮助他们很快煮好了一锅大米粥。这时，石家庄机务段的两名司炉要给车上一位生病的副司机送饭，于是盛了大米粥便离开朝鲜老乡家，朝山洞走去。当这两名司炉快要走进山洞时，敌人的飞机从山顶上飞了来，朝着他们投下两枚炸弹。两名司炉看到后，一边躲避着炸弹，一边抱紧饭盒急忙朝山洞里跑去，谁知，敌人投下的炸弹，有一枚像施了魔法一样，从洞口跟着他们"一蹦一跳"进了山洞，并在进入洞内100米左右后，轰然爆炸。

田立都和其他乘务人员听到轰炸声后，立刻预感到情况不妙，他们从朝鲜老乡家像离弦的箭一样冲出来，奔往山洞方向，只见此时洞口已塌，浓浓的烟雾正从洞内飘出来。田立都和大家从炸塌的洞口钻进山洞，看到石家庄机务段的三名乘务人员，已浑身是血倒在车旁，其中两名已经牺牲。就在大家无法理解敌人的炸弹为何会跳进山洞中轰炸时，那名奄奄一息的司炉将那枚进入山洞的炸弹特征告诉了大家，然后永远地闭上了双眼。

田立都听完后，脱口对大家说道：这是一枚"会跳舞"的定时炸弹。因为在此之前，他听其他车上的乘务人员说过这种炸弹，没想到今天让他们遇到了。

"会跳舞"的定时炸弹！田立都的话音刚落，大家便猛然想起这是一种敌人为轰炸山洞和轰炸停留在山洞内的列车而使用的一种炸弹，这种炸弹在洞口落下后，会按照一定的轨迹，跳着向前"行走"百余米，然后才会爆炸，杀伤力很强。

三名机车乘务人员牺牲在"会跳舞"的定时炸弹轰炸中，这让田立都他们每个人的心头，都笼罩上了一层阴云，他们在接下来的运输途中，更加小心，机车白天进入山洞后，都尽量与洞口保持百米以上的距离，避免再次遇到"会跳舞"的定时炸弹以及人员牺牲。

1953年初春，田立都和大家明显感觉到战争气氛更加紧张，每天的运输任务更加密集，除了粮食、弹药，还有一批批志愿军战士，被运往指定的地方。原来，敌人为了挽回败局，准备利用海、空两军优势，在朝鲜东西海岸实施两栖登陆，对我志愿军和朝鲜人民军进行大规模进攻。在田立都和大家听说后，都积极投

列车向着前线行驶

入反登陆作战运输中。

　　一天，田立都随303号机车从朝鲜返回丹东机务段进行机车检修。回到丹东的那个晚上，下着大雨，本以为这样的天气不会有敌情，谁知到了深夜，敌人的三架B-29型飞机从朝鲜飞过鸭绿江，飞向我国的丹东。很快，雨夜中传来了刺耳的警报声，正在机车上的田立都听到警报声，迅速跟着老司机杨得志将303号机车开向丹东周边的一个小站，进行转移和疏散。就在他们刚刚离开丹东，敌人的飞机便对丹东机务段进行了轰炸。B-29型飞机属于重型轰炸机，凡是它飞过的地方，全都硝烟四起，房倒墙塌。敌机走后，田立都跟着师父将303号机车又开回丹东机务段，准备完成剩余的检修和保养。但当机车再次驶入丹东机务段时，呈现在田立都眼前的，到处都是被敌人炸毁的设施，破坏程度令人触目惊心。在这触目惊心中，田立都还得到一个不幸的消息，那就是与自己同在一个单位、素有"飞车手"之称的王连瑞师傅，为了转移机车，在这次轰炸中牺牲了。

流沙

　　王连瑞比田立都早一年入朝，也就是在田立都刚到太原南机
务段工作不久，王连瑞便入朝了。田立都一直梦想着有朝一日能
拜这位"飞车手"为师，将来也成为一名"小飞车手"，谁知，
听到的却是王连瑞牺牲的消息……

　　返回朝鲜后，田立都他们的机车与所有在朝鲜的中国机车一
起投入更紧张的运输任务中，几百台机车按照上级命令，一台也
不休息，全力运送入朝部队和抢运战争物资，为反登陆作战做准
备。其间，田立都和大家三个月都没下过机车，没脱过衣服，更
没洗过一次澡，面对复杂的战争局势，他们的内心只有一个念
头，那就是多多运送物资，支援前线的志愿军战士，狠狠打击
敌人！

　　在无数个像田立都一样的机车乘务员共同努力下，截至6月
份，先后有第一军、第十六军、第二十一军、第五十四军，以及
高射炮兵第六十五师、炮兵第六师、第三十三师和一些独立团部
队通过火车到达朝鲜指定战场。同时，为保障反登陆作战期间的
运输和交通线畅通，铁道工程第五、六、七、九、十、十一师共
5万多人携带工程机械和器材，乘坐49趟列车也进入朝鲜，参加
铁路抢修抢建。在此基础上，原入朝作战各部队补充的新兵13
万多人也通过火车到达自己所在的部队。通过火车运入朝鲜的弹
药达12万多吨，粮食近25万吨，其中军粮可供全体指战员使用8
个月，弹药可供全体指战员使用3个月。看到我军兵足粮多弹药
充实，敌人也大为吃惊。

　　1953年7月27日，在中国人民志愿军和朝鲜人民军的共同努

力下，敌人终于在和谈桌上签了字，朝鲜战争取得了胜利！

朝鲜战争胜利后，连续几个月都没有下车的田立都，即将跟着大家返回国内。在回国前，他们又执行了一趟特殊的运输任务，那就是到开城的板门店进行战俘交换。在开城站，田立都看到，当被敌人关押的我志愿军战士登上来自祖国的这趟列车时，都流下了激动的热泪。

如今，几十年过去了，每当回忆起抗美援朝战争，田立都都会想起那些牺牲的战友，也会想起当年在抗美援朝、保家卫国的号召中，千千万万中国青年热血奔涌、志愿赴朝的情景。在回忆中，他也总会告诉后人：我们的国家，当时积贫积弱，可我们却打赢了那场战争，无论什么时候，我们都要珍惜这来之不易的成绩。

清川江畔的同事

受访人：左福顺

群众，河北涿州人，退休职工，1930年出生，入朝时22岁。

左福顺刚到朝鲜，便赶上了敌人的"七一轰炸"。7月1日是中国共产党的生日，敌人选择在这一天轰炸，目的再明显不过了。那一晚，冲天的火光把熙川站映得宛如白日，左福顺在给机车紧急更换闸瓦后，深一脚浅一脚地朝山洞撤退。此时，敌人的一枚炸弹在他身边落下，一下子把他炸倒在地，埋于瓦砾之中。1952年冬天，左福顺明显感到敌人飞机来轰炸熙川的次数越来越少了，原来，我们的高炮部队已经悄悄地布设到了铁路主要地段，掩护铁路运输。

就在刘宝成、刘万益和田立都战斗在朝鲜时，太原铁路局又一批职工准备赴朝了。这中间，有一名叫左福顺的机车检修工。

　　1930年出生的左福顺，新中国成立后考到了太原东机务段，当上了修理机车的机械钳工。

　　朝鲜战争爆发后，左福顺看到他身边的郑明杰、刘宝成、张宝祥、门进才等许多同事都去了朝鲜，于是也向组织报名，希望批准自己入朝作战。在等待申请批复期间，左福顺在岗位上加紧苦练业务，以备战场上需要。1952年6月中旬，左福顺的申请得到批准。月底，左福顺告别新婚不久的妻子，与20多名一起志愿赴朝的同事前往沈阳，编入中国人民志愿军八九七部队第二总队。经过三天的培训，他们从沈阳到达吉林通化的集安，然后在夜色中，不说话、不照亮，悄悄步行过了鸭绿江。

　　在这里，他们将以最短的距离、最短的时间到达朝鲜战场的西线。

　　当时，中国人民志愿军八九七部队第二总队在朝鲜设四个铁路分局，分别是熙川分局、新成川分局、平壤分局和新安州分局。

　　到达朝鲜后，左福顺和太原东机务段的石克巨、王岩、李彦

1952年春左福顺（第三排左三）与战友以及朝鲜铁路职工在平壤合影

增被分配到熙川分局的熙川机务段。这一路，需要他们徒步行走。

与其他入朝的战士一样，白天，他们躲在小树林里休整；晚上，他们马不停蹄直奔前方。虽然路途艰险，但此时，随着全国人民的大力支援，他们途中缺干粮的情况已有所改善，品种由之前的炒面，变成了压缩饼干，饥饿，已不再困扰他们。

四天四夜后，左福顺他们经满浦到达熙川机务段，此刻，大家看到的，是一片战争的废墟，莫说机务段，就连熙川火车站，也被敌人的炮火炸成了平地。

他们在废墟中，"找"到了自己要报到的单位。

机械钳工的主要任务，是给过往停靠下来的机车做全面检修，也要给受到轰炸的机车进行抢修。当时，机车破损最严重的

抢修之余,战友们在一起(后排右三为左福顺)

部位,是闸瓦,所以,左福顺他们每天要给好几台机车更换闸瓦,同时给机车水箱补满水。为了安全,他们一般晚上6点出山洞,到车站工作,第二天早晨7点再隐蔽进山洞,检修洞内的机车。

刚去没多久,左福顺他们便赶上了敌人的"七一轰炸"。7月1日是我们党的生日,敌人选择在这一天轰炸,目的再明显不过了。因此,提起那场轰炸,左福顺至今心情都难以平静,他说:一辈子都忘不了。

1952年7月1日的晚上,左福顺和战友们正在熙川站给一台机车换闸瓦,这是一台往前线运送物资的重要列车,大家互相配合、动作敏捷,想争取早一分钟将闸瓦换完,发出列车。但就在此时,在附近山头上放哨的战友突然鸣枪发出警报,提醒大家敌机来了,快速隐蔽。

　　大家听到报警声后，急忙一边往山洞方向跑去，一边通知机车乘务员把列车开向山洞。熙川火车站的两端，都有山洞，最近的山洞，离车站有100多米，如若是白天，这100多米不算什么，但当时是深夜，夜色太浓，脚下又全部都是深深浅浅的弹坑，而且大家又不能违反纪律用手电筒照明，所以不少战友摔倒在地。就在大家还没完全隐蔽到山洞时，敌人的飞机便已经呼啸着飞到了熙川站的上空，飞机追着火车和左福顺他们，投下第一批排弹，有20多枚，炸弹爆炸，火光冲天，把熙川站映得宛如白昼。

　　左福顺跑在最后，敌机飞来的时候，他正在给机车换闸瓦，位置距离山洞相对较远，所以，还没等他深一脚浅一脚地跑进山洞，敌人的一枚炸弹便在他身边爆炸了，一下子把他炸倒在地，埋于瓦砾之中。也是在这一刻，他失去了知觉。

　　敌机走后，战友们跑回车站，呼喊着他，寻找着他，并在瓦砾之中把他刨了出来，在大家无不担忧的目光中，左福顺渐渐苏醒过来。虽然当时他身上多处受伤，但好在没有生命危险。

　　清醒过来的左福顺，听到战友们正在议论在党的生日之际，敌人实施轰炸，实在令人气愤。他这才知道，当晚的这场轰炸，敌人别有用意。

　　任何一个血气方刚的中国青年，都会对这样的轰炸报之以愤怒。20岁刚出头的左福顺也如此。在之后的机车抢修中，左福顺总是快速修理，快速让机车开出。在不断抢修中，左福顺和大家也不由得提高了警惕。

　　但无论他们再怎么警惕，也有遭受敌人袭击的时候。

　　1952年10月的一个傍晚，一台编号为731的莫克1型机车拉着一列车刚刚从熙川站北1号山洞出来，便遭到敌人的轰炸。等左福顺他们跑到洞口，准备修理机车，却被眼前的情景惊呆了，只见与机车相连的那节宿营车，被炸得粉碎。

　　当时，进入朝鲜的所有机车，都配有九名乘务人员，除了三名司机，还有三名副司机和三名司炉。九名乘务员组成一个包乘组，途中实行三班倒，轮换驾驶机车，马不停蹄，日夜兼程，往前线运送物资。当其中一个车班值乘时，另外两个车班的六个人就在紧挨着机车后面的宿营车上休息。

　　宿营车从外面看，与国内其他的宿营车没有什么两样，走进里面，才会发现区别。为了防止敌机轰炸、扫射，进入朝鲜的宿营车内，两侧都会用装满了沙

左福顺（四排右一）与战友以及朝鲜铁路职工在一起

土的麻袋一层层地垒起来。虽然这样机车乘务员的休息空间狭小了许多，但多了安全保证。

　　不过，如果遇到敌人的大型飞机轰炸，或者集中轰炸时，这样经过"全副武装"的宿营车，也难免会出现意外。

流沙

熙川站当晚的轰炸，就属于这种情况。当左福顺和大家在漆黑一片的夜色中呼唤、寻找机车乘务员时，发现机车上的三名乘务员全部受伤，而在宿营车上休息的其他六名乘务员，竟然全部遇难……

在黑暗中摸索着清理牺牲乘务员的遗体，左福顺他们的伤痛，可想而知。

第二天，部队和朝鲜老乡找来木板，钉成棺材，将六名乘务员掩埋在不远处的清川江边。他们原以为这样就可以让逝者安息，但令人没想到的是，不久，敌人的飞机又来轰炸了，并在清川江畔投下炸弹，将六位乘务员的坟冢炸得乱七八糟。心中悲愤的左福顺他们，目睹着这一切，一面含恨再次掩埋乘务员们的遗体，一面在心中盼望着祖国的大炮，能把这些飞机打下来。

这一天，终于来到了。

当年，抗美援朝开始后，中国人民抗美援朝总会就向全国发出了《关于推行爱国公约，捐献飞机大炮和优待烈属军属的号召》，全国人民迅速响应，掀起了支援前线的捐献任务。据资料显示，当时仅山西省就发出了多个捐献号召，这些号召立刻得到了响应，其中省机关计划捐献飞机一架，山西省妇女联合会、中共山西省委青年工作委员会等单位计划捐献"刘胡兰号"飞机一个小队三架，中国教育工会山西省工作委员会计划捐献"山西省教育工作者号"战斗机一架，山西省学生联合会计划捐献"山西学生号"战斗机一架，就连著名农业劳模李顺达也建议全省农民捐献"爱国丰产号"战斗机和"新中国农民号"战斗机各一架，

左福顺（后排右三）与战友们在一起

还有太原市的"工人号""太铁号""太钢号""农民号"……

而到了全国，这种捐献更是数不胜数，正是在全国人民捐献飞机、大炮的热潮中，战斗在朝鲜的中国人民志愿军渐渐有了飞机，有了大炮。而每当过往的机车乘务员告诉左福顺，车上运的是飞机、大炮时，左福顺都会眼热地朝车上多看几眼。他想，什么时候才能亲眼看到，我们的大炮把敌人的飞机打下来呀。

1952年冬季的一天，左福顺利用白天休息的时间和大家一起开挖山洞，这时，山头上负责放哨的同志发出了鸣枪报警声，左福顺和大家一看，只见熙川站远处的两山中间，鬼鬼祟祟地飞来一架敌机，敌机飞得很低，从左福顺他们头顶经过的时候，左福顺能清清楚楚地看清敌机飞行员的模样。

这是敌人派来的一架侦察机，它从左福顺他们头顶飞过后，朝清川江方向而去，左福顺和大家判断，侦察机过后，肯定会有敌人的轰炸机来轰炸。

果不其然，没多久，敌人的七架轰炸机便飞了过来。正当大家心里捏着一把汗时，隐蔽在熙川车站附近山头的我军高炮部队，朝着敌机连连发射。两架敌机在我军高炮的射击中，很快坠毁于山沟之中。接着，高炮部队又一鼓作气，向其他五架飞机连连发射，顷刻间，又有两架飞机被击中，拖着长长的烟雾，坠落下来，其余三架敌机上的飞行员一看情况不妙，吓得急忙开着飞机向远处四散逃窜。

发生在空中的这一幕，被左福顺和大家看在眼中。他们既惊讶，又高兴，原来，我们的高炮部队，已经悄悄来到了铁道线的旁边，担负起保护钢铁运输线的任务。左福顺他们为我高炮部队消灭敌机的壮举感到骄傲，感到自豪，感到扬眉吐气。

大家仿佛看到胜利正向他们走来。

1953年7月27日，朝鲜战争结束，那一天，左福顺和大家走出山洞，享受和平带来的美好。

接着，左福顺被留在朝鲜，帮助朝鲜铁路工人培训了机车修理业务知识。1954年3月，他接到回国通知。临别时，朝鲜铁路工人金龙吉给左福顺写下留言，留言中写道：

亲爱的福顺同志：

您（你）们这次光荣回归祖国了，这次的凯旋是有着历史意义的，是您（你）们从胜利中走过来，这是您（你）

们的光荣，也是祖国人民的光荣，希望您把这光荣永远
保持下去。

　　　　北朝鲜铁道军事管理局西平壤机务段

　　　　　　　　　　　　　　　　　金龙吉念
　　　　　　　　　　　　　　　　　1954 年 3 月 5 日

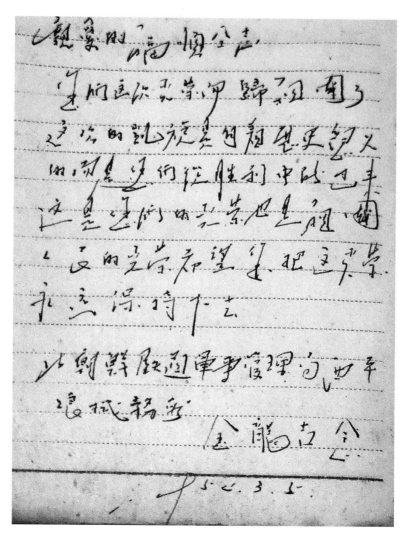

1954 年 3 月 5 日朝鲜工人金龙吉写给左福顺的分别留言

　　回国后，左福顺依旧在太原东机务段工作，从一名机械钳工成长为一名火车司机，多拉快跑，为社会主义建设做贡献。

　　许多年来，每当有人让他讲一讲朝鲜战场上的故事时，他都会讲起牺牲在朝鲜的那六名机车乘务员，讲起我高炮部队击落敌机那一刻的心情。一悲一喜间，他告诉后人，永远不要落后，因为落后要挨打，要被欺负。

火线入团

受访人：李素贞

女，群众，山西太原人，退休工人，1935年出生，入朝时17岁。

李素贞在最美好的年龄选择奔赴朝鲜战场。1952年底，她在朝鲜青水站被批准加入中国新民主主义青年团，成为一名青年团员。1953年春天，她第一次参加团日活动，和大家来到鸭绿江畔一座高高的山顶上，面向祖国的方向，深情地唱道：我们是中国青年，站在祖国的最前线，要消灭杀人的强盗，紧密团结冲上前！我们的意志像钢铁，我们的热情似火焰。为了抗美援朝保家乡，举起枪杆消灭侵略者……

16岁，对于一个女孩子来说，正是一生中最美好的年纪。家住太原的李素贞，在70多年前，于自己人生中最美好的年龄，选择了最神圣的事业，那就是在党和国家的号召下，奔赴朝鲜战场，保家卫国。

　　李素贞出生于1935年7月，1951年春天的时候，太原铁路局再一次召开抗美援朝大会，那一年，李素贞刚满16岁，是太原电务段的一名电话员。在号召声中，她积极报名，要求和大家一起赴朝作战，但领导考虑她是一名女同志，便没有批准她的申请。但在接下来的工作中，李素贞并没有因此而放弃去朝鲜的愿望，1952年6月，当她得知朝鲜战场上急需一批业务好、素质高的电话员时，她再一次向单位递交申请，表达自己心声，但同样遭到拒绝，原因是她虽然业务熟练，但年纪尚小，而且家里人丁单薄，不适合出国作战。这期间，她的父母也劝她不要上战场，以免有生命危险。但李素贞心意已决，她告诉父母，如果大家都抱着这样的思想，都不去朝鲜作战，那祖国的安宁谁来保护，我们的家园谁来守护，并连续向组织递交申请。终于，在她第六次向单位递交申请时，单位领导被她那一颗火热的赤子之心打动

李素贞（前排左一）和战友们在一起

了。她的申请，得到了批准。

1952 年 7 月 1 日，太原电务段欢送第五批抗美援朝职工出发，17 岁的李素贞，便在其中。

出发前，同事们来到太原站，为她送行，话别之际，李素贞和同事们相约：让我们在不同的岗位上，为了祖国的安宁与美好，共同努力吧！

其中一名好姐妹知道李素贞此次去朝鲜，是抱着必死的决心去的，于是，当看到李素贞上车的背影时，忍不住捂着脸哭出了声。

李素贞从太原到达沈阳后，被编入中国人民志愿军八九七部队第二支队。经过短暂的培训，按照上级要求，李素贞与来自全国其他铁路局的几名职工一起，到达丹东，并在到达丹东的当天晚上，准备过鸭绿江进入朝鲜。

过江之时，李素贞想到自己可能再也回不来了，于是不由得深情回望祖国，热泪盈眶。

李素贞在朝鲜的具体工作地点，是铁道军事管理总局安州总局二支队的定州分局。过江后，李素贞幸运地遇到了一个往前方运送物资的汽车队。在说明情况后，汽车司机看她身着志愿军服装，又是第一次入朝的女同志，怕她迷路，于是答应捎她一程。

想到天亮后，自己就能到达定州分局，并开始在朝鲜的工作，李素贞的内心异常激动。

为了防止被敌人发现，车队前行途中一律都不开灯，而是由领头的第一辆汽车上的司机，凭着经验摸黑向前行驶。当时，朝鲜境内的公路，与铁路一样，几乎都被敌人炸断了，到处布满了弹坑，坐在汽车上的李素贞，感到无比颠簸。

大约一个小时后，汽车到达朝鲜的新义州，这里是敌机对我志愿军实施封锁的关键地带。车队刚一进入新义州，便被敏锐的敌机发现了。很快，几架敌机一齐朝车队飞来，从空中对地面实施扫射和轰炸。

顷刻间，刚才还安静的大地，被震得抖动起来。行驶在车队前面的几辆汽车，尤其是领头的汽车，在爆炸中瞬间被掀翻，车上的不少战士受了伤，物资撒了一地。

李素贞乘坐的汽车行驶在车队的最后面，当敌机盘旋着轰炸时，司机猛打方向盘，以最快的速度将汽车开进附近山洞，这才保住了一车人的性命。

敌机离开后，李素贞和大家一起从山洞中跑出来。借着月光，他们看到从国内运往前线的物资在敌机的轰炸中，散落一地。于是，他们立即扑过去，在还没散去的硝烟中抢救物资。一些受伤的同志，也不顾身上还在流血的伤口，加入抢救物资的行列中。

当时，敌人的飞机并没有飞远，汽车司机担心敌机再次飞来时李素贞没有躲避经验，出现意外，于是劝她回山洞中躲避，等车队把物资重新装上车后，再通知李素贞上车。李素贞却说什么也不肯离开，她说那些受伤的战士都没有离开，自己更不应该去躲避。汽车司机看说服不了这位年轻的姑娘，只好同意她也参与抢救物资。在夜色中，李素贞用她瘦弱的肩膀，把一箱箱炒面、饼干、鸡蛋粉等搬上汽车。

虽然一进入朝鲜便遭到了敌人袭击，但李素贞并没有因此而畏惧。到达指定地点后，李素贞被安排在定州站电话所工作。定州站是京义线上的大站，位于京义线和平北线的交会处，是通往平壤的重要咽喉之一，也是敌人轰炸的主要目标之一。尤其在敌人实施"绞杀战"期间，更是对这座车站进行疯狂轰炸，而且每次轰炸，都是由数十架甚至上百架飞机轮番进行，因此，战斗在定州站的同志们，随时面临着各种危险。

定州站电话所，设在车站附近极其隐蔽的山谷之中，远远看去，是一间十分不起眼的小茅草屋，只有走进去，才知道这间不到十平方米的小茅草屋内，安装着各种通信装备。李素贞与来自东北的几名电话员，在这间小小的茅草屋内开始了工作。

在几名电话员中，李素贞年龄最小，但她的业务能力不比别人低。在敌人对定州站的一次次轰炸中，李素贞面对茅草屋外地动山摇和不断的爆炸声与战火，训练有素、镇定有余地一次次接线、转线，让连接前后方的电话，永不中断。因此，几位比她早入朝鲜的东北籍电话员，都对这个来自山西的小姑娘刮目相看。

除了业务熟练，李素贞会唱许多歌曲。她的嗓音甜美、歌声嘹亮，在没有敌机袭击的工作之余，大家趁着片刻的宁静时间，总是喜欢让李素贞给唱几首歌。在她的歌声中，大家仿佛看到了亲爱的祖国，仿佛看到了祖国人民正徜徉在百花齐放的大花园中。

两个多月后，因工作需要，上级决定将李素贞从定州站电话所调往青水站电话所。当时，青水站附近有一座发电站，敌机经常对其实施轰炸，所以，青水站的危险程度并不亚于定州站，临别时，定州站的战友们给李素贞写下了这样的留言：

亲爱的小战友素贞妹妹：

我们相识在这伟大的异国战争中，真有一种不可估计的神圣。我们虽然相处时间很短，可是我们的革命友谊是常青的！

我们今天是因为工作的需要而分开的，不管是怎样难过，也得分离呀！我们今天为了保卫神圣的祖国抗美援朝，分离难过是在所难免的！

亲爱的妹妹，愿你保重吧，青年人的前途是远大的，我愿你在战斗中，在建设中，在各种战线上发挥你的光和热吧，更愿你的文艺天才智慧永远保持下去，为我们的胜利舞蹈，为和平而歌唱！

在这临别前的一小时里，我们也写不出别的来，只好写了以上几句话，让我们握手，让我们扛枪，让我前线上会师，让我们胜利后共同凯旋。

祝你永远微笑，我们为幸福的明天，斗争到底吧！

1952 年 9 月 27 日

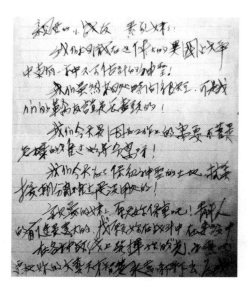

1952年9月27日李素贞战友写给她的分别留言

依依惜别之际，李素贞告诉大家："再过几天，就是我们祖国第三个国庆日了，让我们祝福祖国吧。此次去青水，我已做好了牺牲的准备，如果有一天，我牺牲了，请大家不必难过。"

战友们听了，都忍不住流下了眼泪，要求她再为大家唱一首歌，于是，李素贞动情地唱起了《全世界人民团结紧》：天空出彩霞呀，地下开红花呀，中朝人民力量大，打败了美国兵呀，全世界人民拍手笑，帝国主义害了怕呀……

在歌声中，李素贞与大家告别，动身前往青水站报到。

到达青水站后，李素贞开始了更加繁忙的工作，伴随着这种繁忙，是无处不在的危险。刚开始，青水站电话所与定州站电话所一样，设在一间不起眼的茅草屋内，但没多久，这间茅草屋便在敌人的轰炸中化为灰烬了，于是，青水站电话所搬进了一座新开挖的山洞中。

山洞不大，却成了李素贞和大家工作、生活的地方。

秋天，很快过去了，冬天，就要来临，部队为她们发放了新的志愿军服装。一天，车站来了一位背着相机的战士，李素贞和青水站的其他三名电话员趁着没有敌机轰炸的工夫，穿着新军装，在山洞外照了一张合影。

令李素贞没想到的是，就在照片还没洗出来时，其中的一名电话员在去山洞外检查电话线的途中，被敌人发现，牺牲在敌人的枪口下，鲜血染红了他的新军装。

数日后，李素贞才收到了那张在山洞口的合影。深夜，她捧着照片，看着那名战友年轻的脸庞，流下了悲痛的眼泪。

虽然敌人的飞机每天都要到青水站轰炸，但李素贞在磨炼中已经渐渐成长为一名坚强的战士。一次，李素贞要单独去完成一项任务，谁知她走出山洞没多远，便遇到了敌人的飞机。此刻，敌人发现了身着志愿军服装的李素贞，于是追着向她射击，千钧一发之际，李素贞迅速朝旁边一个较大的弹坑跑去，就在她纵身跳入坑内刚刚趴下身子卧倒时，敌机投下的一枚炸弹在她身旁不远的地方爆炸了。炸弹发出的巨大响声，震得地动山摇，瓦砾和石块像瓢泼大雨一样"哗哗哗"落在李素贞的身上，李素贞紧紧抱住脑袋，一动不动。待敌机走后，李素贞慢慢扒开埋在她身上的瓦砾和石块，钻出弹坑，朝刚才爆炸的地方看去，不由得出了一身冷汗，原来，只差不到20米，那枚炮弹就炸到她了。这时，其他电话员从山洞中跑了出来，发现李素贞遭到了敌人的围追和轰

与战友合影后不久，
后排左一战友牺牲了

炸，于是劝她返回洞内，可李素贞想到自己还有任务没有完成，说什么也不肯回去，继续去独自完成任务了。

在朝鲜，虽然危险无处不在，但李素贞每次都凭着机智勇敢从敌人的眼皮下躲过了。

1952年12月15日，李素贞被批准加入中国新民主主义青年团。

成为一名青年团员后，李素贞对自己的工作要求更加严格。虽然住的是山洞，吃的是压缩饼干，有时甚至只能吃一口连盐巴都没有的高粱米饭，但她从不叫一声苦。一次，附近一位朝鲜老乡家失了火，大火把屋子烧得片瓦未留，仅有的一点儿粮食也付之于大火之中。李素贞看到后，把自己的高粱米饭，悄悄送给了朝鲜老乡。而自己，为此饿了两天肚子。

青水站离鸭绿江不远，没有敌机轰炸的日子里，李素贞总会站在山洞前，朝着祖国的方向凝望。她想念祖国，想念家乡，想念亲人，想念同事。

1953年春，李素贞第一次参加团日活动，她和大家来到鸭绿江畔一座高高的山顶上，面向祖国，一起动情歌唱。轮到李素贞领唱时，她带着大家一起高唱了《抗美援朝进行曲》和《抗美援朝保家卫国》两首歌。

"我们是中国青年，站在祖国的最前线，要消灭杀人的强盗，紧密团结冲上前！我们的意志像钢铁，我们的热情似火焰。为了抗美援朝保家乡，举起枪杆消灭侵略者。""从东北到西南，从高原到海边，愤怒的声音响成一片，热血的青年纷纷参战，全国各族的人民，快起来！起来！抗击美帝支援朝鲜，为保卫国家的独立而战，抗击美帝支援朝鲜，为保卫世界的和平而战！决不能让那侵略者的血爪，沾污了祖国美丽的河山……"

当激昂的歌声响起，李素贞望着江对岸的祖国，心情澎湃万千：祖国啊祖国，我们一定不让侵略者的血爪，沾污您美丽的河山。李素贞在心中一遍遍地重复着这句话。

李素贞（三排左一）和战友们在鸭绿江畔参加团日活动

在青水站电话所，无论敌人如何轰炸，李素贞的电话接通率永远保持在最高的水平，前后方的通话，从未中断，这样的状况，一直保持到战争结束的那一天。

1953年7月27日，当停战的消息传来，李素贞和大家从山洞中一齐奔了出来，他们尽情地奔跑在蓝天白云下，尽情地欣赏着周围的山川，尽情地呼吸着没有硝烟的新鲜空气，尽情地为祖国欢呼歌唱。

1954 年 1 月，李素贞从朝鲜回国，踏上祖国土地的那一刻，她想起了两年前入朝的那个夜晚，想起了那张缺少了一名战友的合影，想起了在鸭绿江畔过团日的情景，感慨万千。

在丹东和沈阳，李素贞和战友们受到了志愿军司令部的热烈欢迎。回到太原后，她刚一下车，太原电务段的同事们已经举着"欢迎英雄凯旋"的横幅在等待她。

太原铁路局职工在太原站欢迎抗美援朝归国的英雄

在李素贞家，至今还保存着那张与战友在朝鲜的合影：他们的身上，穿着崭新的军装；他们脸上，露着自信的笑容，但仔细观察，会发现照片上一位年轻战士的脸庞被遮住了。每当有人问起老人是何原因时，老人都会讲起发生在朝鲜战场上的那段往事，她说，这位战友的年龄和自己差不多，却牺牲在朝鲜战场上了，再也回不到祖国的怀抱。

　　如今，抗美援朝战争过去几十年了，李素贞也已由当年的花季少女，成了一位耄耋老人，但每次回忆起在朝鲜的日子，她都会说："70年来，我替我那些牺牲的战友看到了祖国的强大，他们当年的流血牺牲，是值得的。"

五次申请

受访人：韩秀卿

女，中共党员，山西定襄人，退休干部，1934年出生，入朝时18岁。

韩秀卿数次向单位申请，终于被批准入朝作战，她和大家从太原出发，到沈阳报到，然后脱掉铁路制服，换上志愿军服装。由于韩秀卿又瘦又小，志愿军服装穿在她身上，显得又宽又大，乍看上去，韩秀卿像是一个还没长大的娃娃兵。有首长过来劝她：小鬼，战场可不是闹着玩的，快回去吧。可韩秀卿把裤腿和衣袖一挽，倔强地对首长说道：消灭敌人和个头高低又没关系。当她随着部队跨过鸭绿江大桥时，18岁的她回头凝望祖国，在心中默默地说道："再见了祖国，您的儿女会用热血保护您的。"

1952 年 7 月，与李素贞一起入朝的，还有一位美丽的姑娘，她比李素贞年长一岁，刚满 18 岁，正值芳华妙龄，她的名字，叫韩秀卿，与李素贞同为太原电务段的电话员。

　　韩秀卿出生于 1934 年，老家在山西定襄，三岁的时候，抗日战争爆发，她的母亲因病无钱医治，含恨离世。后来，韩秀卿随着做小本生意的父亲来到太原，就读于太原明原学校。1949 年 4 月 24 日太原解放。7 月，韩秀卿参加了山西省职工学校的学习。这是一所供给制学校，以政治理论学习为主，准备不久派他们南下支援革命。半年后，也就是 1950 年 1 月，韩秀卿从职工学校结业，但根据当时的形势需要，韩秀卿没有被安排南下，而是分配到了太原铁路局的太原电务段工作。

　　在太原火车站担任了一段时间的电话员后，韩秀卿被调到忻州电话所。1950 年冬，单位号召全体职工抗美援朝、保家卫国，消息很快从太原传到了忻州。年轻的韩秀卿曾在职工学校受过教育，思想觉悟很高，尽管自己是个女孩子，但她立即打电话向单位报了名，要求随第一批人员赴朝。在研究中，领导考虑到韩秀卿年龄不大，且身子瘦小、单薄，没有批准她的申请。眼看着单位的第一批、第二批、第三批电话员陆续出发，身旁的同事李加来、陈改兰、周淑敏也都奔赴朝鲜战场，韩秀卿心中十分着急，她又多次来到太原，找到单位领导，当面提出申请。

单位领导看她还是一张娃娃脸，个头也不高，就问她："小鬼，你要去朝鲜，勇气可嘉，可这事你和你家里人商量过吗？"韩秀卿听领导这么一问，顿时有些失望，摇了摇头。领导看她没和家里人商量就要求去朝鲜，于是又问她："这么大的事，你不和家里人商量，自己能做了主？"韩秀卿这时仿佛看到了一线希望，挺起胸脯，对领导说："我能做主，请批准我去吧。"领导看她态度坚决，又问她："去朝鲜可是要流血牺牲掉脑袋的，你不害怕吗？"韩秀卿毫不犹豫地回答："不害怕！"

尽管如此，领导仍旧没有批准她志愿赴朝的申请。

1952 年 6 月的一天，韩秀卿正在忻州电话所的电话机前值班，忽然听到单位在电话中通知当晚开会研究第四批赴朝人员的名单。于是，韩秀卿第一次"利用工作之便"，连续给领导打了三个电话，表达自己赴朝的决心。晚上 8 点，当单位最终要确定人员名单时，韩秀卿又在这个关键的时候打进去电话。领导看到她人虽小，但决心大、志气大，于是，郑重地对她说："你做准备吧。"

你做准备吧！这短短的几个字，让韩秀卿心里一阵激动。她在那天的日记中写道："我终于可以到战场上去消灭敌人，去保护自己的祖国了，我要把自己的一切都交给祖国！"

几天后，韩秀卿从忻州赶到太原，与李素贞会合，并与太原铁路局其他赴朝作战的同志一起乘坐火车前往北京，然后经北京到天津。在天津站，韩秀卿看到有很多天津地区的铁路职工，也登上了她们乘坐的这趟列车，一起前往沈阳。

在沈阳报到后，韩秀卿和大家统一脱掉铁路制服，换上了志愿军服装。由于韩秀卿又瘦又小，志愿军服装穿在她身上，显得又宽又大，乍一看上去，韩秀卿像是一个还没长大的娃娃兵。有首长过来劝她：小鬼，战场可不是闹着玩的，快回去吧。可韩秀卿把裤腿和衣袖一挽，倔强地说：消灭敌人和个头高低又没关系。

在沈阳进行短暂的培训后，韩秀卿和大家一起来到了我国的边境——丹东。虽然出发之前，韩秀卿已经做好了足够的心理准备，但当她来到丹东，来到鸭绿江畔，看到众多的志愿军战士和车辆正在来来往往，运送物资、转移伤员，韩秀卿的内心还是受到了很大的震动。

当晚，韩秀卿和大家在夜幕中唱着"雄赳赳、气昂昂，跨过鸭绿江"的《中国人民志愿军战歌》，从便桥上朝对岸的朝鲜走去。人群中，当李素贞回头凝望祖国时，韩秀贞也不由自主地转过头，深深地朝祖国望去。

"再见了祖国，您的儿女会用热血保护您的。"这名18岁的少女，在心中默默地说道。

从丹东出发时，韩秀卿和李素贞同时被编入中国人民志愿军八九七部队第二支队。她们过了江，一同跟着汽车车队，在敌人的轰炸中，赶到定州。

到达定州后，韩秀卿被分配到新安州电话所，李素贞被就地留在定州电话所。

接到这样的工作安排，韩秀卿与李素贞两个好朋友匆匆告别。临别之际，她们相约：无论在哪里工作，也无论困难多大、危险多大，都一定要保证完成任务，哪怕是献出自己的生命，也在所不辞。

韩秀卿在李素贞的送别中，背上行囊，出了定州，准备徒步前往新安州。就在这时，定州分局的局长刘振东恰巧要到安州开会，途中将路过新安州，于是，韩秀卿搭上局长的汽车，快速赶到了新安州。

新安州是一个三角线，西接定州，北连价川，南至渔波、平壤，是我国国内物资运往朝鲜战场的必经之站，也是敌人轰炸的主要目标之一。

韩秀卿到达新安州电话所后，就加入电话员的行列中。在这里，她与同样来自太原铁路局的周淑敏、冀桂兰一起工作、战斗。

电话所设在一座山洞中，这个山洞很深，里面除了电话所，还有负责车站运输指挥的调度部门。

敌人的飞机，常常来轰炸新安州站。刚开始，韩秀卿听到外面的炸弹爆炸声，心里还有些害怕。渐渐地，在其他战友的帮助下、鼓励下，她不再害怕，而是变得越来越勇敢，常常在完成电话转接的任务后，还利用休息时间到山洞外为大家站岗放哨。

一天，韩秀卿正背着枪在山洞外放哨，远处的天空中传来巨大的轰鸣声，很快，天空便黑了下来，成群的飞机朝着新安州车站附近的清川江飞了过去，黑压压的一片。瞬间，清川江大桥被敌人投下的炸弹层层包围住了，轰炸不断、炮火连天。韩秀卿知道，敌人又在轰炸清川江大桥，那是铁道兵团的战士一次次用血肉之躯筑起来的大桥，是通往前方战场的生命之桥。

想到不少的战士又将倒在血泊之中，韩秀卿就不由得握紧了拳，咬紧了牙。

在新安州，电话员和通信工的休息之处，设在车站旁边的一个朝鲜老乡家，考虑到韩秀卿年龄偏小，军事代表没有安排她夜间站岗。但韩秀卿主动拒绝了照顾，要求和大家一起保护驻地，保护所有人的安全。

朝鲜的冬天，天气异常寒冷，尤其是夜间，更是寒风刺骨，有时候，韩秀卿在被窝里睡过了头，年长的战友就替她去站岗，但她醒来后，立即用冰冷的水把脸洗一下，然后接过枪，坚持要

1952年冬天韩秀卿在新安州的雪地里站岗

在深夜站岗的韩秀卿

求自己站岗。年长的战友劝她："小鬼，你回去睡吧，我来替你就行了。"可韩秀卿不答应，她说自己也要成为一名合格的战士。

冬去春来，1953年的三八妇女节到了，安州总局为女战士们举行活动。这对于在朝鲜战场上整日面对敌人袭击的韩秀卿她们来说，是一件特别值得高兴的事。那一天，韩秀卿和其他姐妹相聚定州站，庆祝三八，心情很是愉快。晚上，她们结伴步行返回新安州站，一路上，为了避免被敌人的特务发现，她们不敢开手电筒，更不敢大声说话，而是手拉着手，摸着黑往前走。就在她们即将回到驻地的时候，忽然前方出现了敌人的一架飞机，飞机投下一颗汽油弹便扬长而去。

汽油弹落在离韩秀卿她们不远的地方，瞬间燃起了熊熊大火，大火蔓延速度很快，很快把周围的房舍都引燃了。韩秀卿和大家急忙冲上去，奋力扑救，但在燃烧的大火面前，她们的力量太小了。第二天，车站的一名朝鲜职工神情悲伤地告诉大家，昨晚敌人投下的汽油弹，落在了他家，把家人都烧死了，由于他当时正在车站值班，幸免于难。大家听了，都为这名失去家人的朝鲜职工感到痛惜。

也是从那时起，韩秀卿无论夜里几点站岗，都能按时起床，随时保持战斗状态，发现敌情，

韩秀卿在朝鲜

立即汇报。

在朝鲜的每一天，韩秀卿都严格要求自己：出国时，她是一名青年团员；在朝鲜时，她坚持与

铁路职工帮助朝鲜老乡恢复被大火烧毁的家园

身边的党员一起学习、上课。

党员学习、上课的地方，在山洞外不远处的一片小树林里，树林茂密，容易隐蔽，韩秀卿如饥似渴地学习着党的知识。通过学习，韩秀卿越来越向往早日成为一名共产党员。1953年春天，韩秀卿正式向党组织递交了入党申请书，她在申请书中写道：我志愿加入中国共产党，在战场上接受党的考验。

一天，敌机又对新安州站进行狂轰滥炸，负责抢修电话线的通信工两人一组，全都出去排查被炸断的电话线了，这时，又有电话线被炸断，山洞里只剩下一名通信工，无法单独完成接线任务。怎么办？就在这时，刚刚下班的韩秀卿得知此事，她想到通信中断一分钟，前后方的联系就会中断一分钟，运输就会耽搁一分钟，命令传达和物资输送就会受到很大的影响。于是，韩秀卿对组长说："让我和通信工一起去接线吧。"组长看着单薄的韩秀卿，不放心地说："小鬼，你刚刚下班，而且出去接线很危险，你不怕吗？"韩秀卿响亮地回答："不怕！"

在驻地站岗的韩秀卿

说完，她背起枪、扛起电话线，和那名通信工一起沿着漫山遍野的弹坑、荆棘、灌木，顺着电话线的方向去排查。途中，他们遇到了敌人的飞机，就在那名通信工为韩秀卿捏一把汗时，没想到韩秀卿那娇小的身子快速一闪，机智地躲进灌木丛中，没有被敌人发现，化险为夷。

翻越了几座山头后，他们在一个位于半山腰的电线杆上，找到了被炸断的电话线。

"小鬼，你累不累，要不要先休息一下。"那名通信工问韩秀卿，因为平时这项工作都是由男同志来完成的。

"我不累，咱们快开始接线吧。"韩秀卿擦着额头上的汗珠，气喘吁吁地说道。

"那我到杆上去接线，你在地面负责给我往上传线，没问题吧?"那名通信工又说道。

"没问题，我保证不耽误给你传线。"韩秀卿说完，来不及歇一下，就立即开始做起了准备。

那名通信工三下两下上了电线杆，并通知守在地面的韩秀卿开始送线。这项工作看起来容易，做起来却有些费劲，没一会儿，韩秀卿的胳膊便酸了，脚下一打滑，她滚落到了山脚下，脸和手都被划破了，连额头也被擦破了。但她想到早一分钟接通电话线，前后方的联系就早一分钟恢复，于是顾不上这些，又爬回到半山腰上，举起电话线，帮助那名通信工及时完成了接线任务，使前后方的信息及时得到传达，新安州站的运输秩序及时得到恢复。

虽然自己从未真正到前线面对面地奋勇杀敌，但韩秀卿知道，自己所做的这一切，也是在保证战争的胜利，在保护祖国的安宁。所以，即便再累，韩秀卿都觉得很值。

朝鲜停战的那一天，韩秀卿一生都忘不掉：当天晚上，所有蒙在电灯或蜡烛、煤油灯上的黑色布罩全被摘掉了，此刻，呈现在她和大家眼前的是一片灯光，那也是她自进入朝鲜以来，看到最多的一次灯光。在这样的灯光中，韩秀卿激动地朝祖国的方向望去。她仿佛看到祖国的工厂里，人们正在勤劳生产；仿佛看到祖国的学校里，孩子们正在琅琅读书；仿佛看到祖国的大街上，人们正在漫步徜徉；仿佛看到祖国的田野里，人们正在幸福耕作。她爱自己的祖国，甚至在朝鲜听到别人提起"祖国"二字，或者在看到祖国派来的慰问团来看望他们时，她总是会热泪盈眶，因为在她心中，祖国是神圣的，不容侵犯的。现在，中国人民帮助朝鲜人民战胜了强大的敌人，在这胜利的日子里，韩秀卿再一次含着热泪，心中默念着"祖国"二字。

朝鲜战争胜利后，韩秀卿又被安排到安州电话所工作了一段时间，1954年秋，韩秀卿接到回国的通知，当她乘坐火车来到鸭绿江畔，遥望着对岸的祖国，禁不住想起自己从这里出发时的情景。

祖国，您的儿女回来了！

1955年初，韩秀卿在经过半年多的学习后，被安排到大同铁路分局局长办公室工作，不久，又被调至忻州电话所。1959年，被调入太原铁路第一中学工作。

如今，韩秀卿已经90多岁了。多年来，她始终有个心愿，那就是再去一趟丹东，再看一看鸭绿江。但她的身体，又不允许她做如此远的一次出行。

为了满足老人的心愿，韩秀卿的儿女们专程去了一趟丹东，在抗美援朝纪念馆、在鸭绿江畔、在中朝友谊大桥前拍摄了许多视频，并带回来，给老人细细播放。当看到抗美援朝纪念馆的画面时，韩秀卿又陷入了长久的回忆，她告诉孩子们："和平来之不易，一定要倍加珍惜，为国家的富强多做贡献。"

送不出的信

受访人：段思德

中共党员，山西临汾人，退休干部，1928年出生，入朝时24岁。

段思德赴朝时，同事董长顺的爱人将一封信交给他，希望他到朝鲜后能帮自己找到久无音讯的丈夫。段思德到朝鲜后，才知道董长顺为了接通电话线，已经牺牲在敌人的轰炸中。带着极大的悲痛，他开始了在朝鲜的战斗。一次，他在胜湖里站排查电话线故障，突然遇到了敌人的飞机轰炸。就在敌人以为把他炸得粉身碎骨洋洋得意的时候，段思德却从战壕中爬了出来。他顾不上擦拭一下自己身上的血，背起工具朝断开的电话线奔去。那一刻，他唯一想做的，就是保证通信畅通，保证前后方命令传达毫无阻碍，哪怕为此让自己像董长顺一样被拦腰炸断，像三登站的战士一样牺牲在火海，像抢修南江大桥的战士一样付出生命，也都在所不惜。

就在李素贞和韩秀卿两名女电话员奔赴朝鲜之际，与他俩同在一个单位的通信工段思德，也战斗在朝鲜了。

　　段思德和李素贞、韩秀卿同是太原电务段的职工，1952年6月，他和李素贞、韩秀卿同时被批准前往朝鲜。出发前，他们相约：到朝鲜后，服从组织安排，不怕流血牺牲，争取早日立功。

　　而在此之前，段思德的赴朝经历也颇费了一番周折。

　　1952年春天，太原铁路局传来了吕训子牺牲的消息。吕训子是太原车辆段的检修工人，1951年9月，吕训子和同事樊天印等人奔赴朝鲜。10月16日深夜，敌人的飞机朝他所在的定州站狂轰滥炸，为了让机车能够尽快得到转移，吕训子来不及隐蔽，被敌机击中，壮烈牺牲。1952年3月25日，太原市各界人民代表召开追悼大会，

1952年3月《山西日报》刊登的吕训子牺牲消息

隆重追悼在朝鲜战场上牺牲的铁路职工吕训子。

吕训子不是太原铁路局赴朝作战牺牲的第一人，但他的追悼会，却又一次坚定了更多年轻职工抗美援朝、保家卫国的决心。段思德，就是众多有志青年中的一位，他再一次向单位报名，要求批准自己赴朝作战。

当时，24岁的段思德已是太原电务段电源室的一名充电工长，十分精通业务，但朝鲜战场上急需的是通信工和电话员，并不需要充电工，一心要赴朝作战的段思德并不符合报名条件，他数次递交申请，都没得到批准。这时，段思德想起自己在太原解放后抢修南同蒲铁路时，曾经参与过电务通信工的工作，于是再次找到上级组织，讲明情况，表明决心。当时，单位已经准备派一名叫梅存玉的通信工前往朝鲜，但看到段思德的态度十分坚

段思德（二排左四）与李素贞（二排左五）赴朝时留念照片

决，于是经过研究，决定给段思德一周的时间准备，一周后，组织他和梅存玉进行业务比试，谁夺魁，谁去朝鲜。

在一周的准备时间里，段思德几乎连吃饭睡觉的时间都用在了学习上，他虚心向师傅请教，埋头苦练通信业务，一心想要夺下比试中的第一名。

一周后，眼中布满红血丝的段思德准时来到比试现场，经过几轮比试，段思德终于胜出，成绩令人心服口服。就这样，他被批准赴朝作战。

1952年6月28日，段思德与其他六名铁路职工从太原站出发，准备前往沈阳集合。出发前，有两个女人连夜坐火车赶到太原，找到了他。其中一位，是他的母亲，母亲从老家临汾赶来，叮嘱他到朝鲜后，务必每月给家中写一封信，报一声平安。另一个女人，是坐了十多个小时的火车，从运城赶来的，她身怀六甲，想拜托段思德给丈夫捎去一封信：一是问候丈夫平安，二是告诉丈夫，自己即将临盆，请丈夫务必给家中来封信。原来，她的丈夫董长顺是太原铁路局运城电务段的一名通信工，几个月前赴朝作战，此后一直没有音讯。

段思德带着母亲的嘱托和董长顺妻子的信件，从太原到达沈阳，被编入〇五部队三支队。三天后，段思德赶往丹东，准备当天傍晚6点过江。但由于当天傍晚5点多钟的时候，敌机对我国边境丹东进行轰炸，所以部队推迟了入朝时间，直到夜深人静的时候，段思德他们才开始悄悄过江。

进入朝鲜后，段思德和几名铁路职工靠着树林的掩护，行走了一天一夜，到达〇五部队三支队的新成川分局报到。报到后，段思德一边工作，一边惦记着董长顺妻子所托之事，于是多方打听董长顺所在的部队，当得知董长顺之前曾在三支队工作，段思德找到了支队领导，打听董长顺的下落。一名姓王的同志听说他带着董长顺妻子的信件，非常痛惜地告诉他，董长顺已经在战场上牺牲了，遗物前些日子已经寄回国内，应该就快寄到他家了。段思德听后，不由得大吃一惊。

在王同志的讲述下，段思德才知道，原来就在一个月前的一次轰炸中，新成川车站的电话线被敌机炸断，影响前后方联系。当时，董长顺是新成川站的通信工长，关键时刻，他挺身而出，要求带三名通信工前去排查和接通被炸的电话线路。不想，就在他们找到被炸断的电话线路，并准备接通的时候，他们的行踪被敌人发现了，四架飞机很快俯冲过来，将他们四面包围，并轮番扫射。

看到情况十分危急，董长顺让其他三名通信工不要管他，抓紧突出重围，接线任务由他一个人来完成。于是，其他三人听从董长顺的吩咐，急忙朝不同方向跑去，冲出了敌机的扫射范围。这一下，敌人恼羞成怒，把枪口一齐对准董长顺，同时，为了保险起见，敌人还投下了一枚炸弹。就在董长顺接通电话线，起身准备离开的时候，敌人的那枚炸弹落在了董长顺的身上，将他拦腰炸断。鲜血，染红了董长顺身旁的电话线。

段思德听完讲述后，眼中满是泪水，心中更是充满了愤恨。他从怀中掏出那封已经送不出去的信件，不知该如何是好。这时，王同志建议他当着其他战友的面，把信件拆开，看看董长顺家中有什么困难需要战友们帮助。于是，段思德听从王同志的建议，打开了那封信。

信打开后，段思德只读了几句，大伙儿的眼圈一下子就都红了，董长顺的妻子在信中写道："长顺，你为何一直不给家里来一封信？前些日子，你给家里寄回来的衣物我收到了，可是，你怎么没有写一个字呢。你知道吗，我们的孩子就要出生了……"

王同志说，董长顺妻子收到的那些衣物，应该就是部队给寄回去的遗物。现场的每一个人听后，都流下了眼泪，尤其是段思德。他的眼前此刻一遍遍浮现出自己出发前，董长顺的妻子找到他，恳求他无论如何也要帮她找到丈夫的那种期盼神情。段思德为这封无法送出去的信、为董长顺血染电话线、为董长顺那望眼欲穿的妻子感到悲痛，如鲠在喉。

在新成川工作了一段时间后，段思德按照命令，坐火车赶往三支队的四分队。四分队位于胜湖里车站，去往的途中需要经过一个名叫三登的火车站，三登火车站不大，位于山坳坳里，曾是我志愿军后勤部分作战物资的主要卸车点和转运站。但在抗美援朝战争爆发不久，为了切断志愿军的物资供应，炸毁志愿军部队储备在三登站的军事物资，敌人对这座小小的车站进行了不惜一切代价的轰炸。当时，三登站共存有170多节车厢的军用物资，敌人在探得消息后，组织200多架飞机一起飞向这里，并进行连续十个小时的轰炸。在轰炸中，三登站以及周围的山坳，都烧成了一片火海，志愿军百余辆车厢的物资，尽毁于火海中。其中熟口粮损失 130 万公斤，豆油损失 16.5 万公斤，单军衣和衬衫损失 48.8 万套。据说，也是由于此次敌人对三登站轰炸造成的大量物资损失，战斗在朝鲜东线的志愿军战士们，在夏天到来的时候，等不到更换的服装，只能把身上棉衣里的棉絮掏出来，当作夏装来穿。而粮草、弹药，也渐渐耗尽，有的部队，不得不按照命令，开始撤退。

段思德在新成川工作的时候，就曾从战友那里得知发生在三登站的大轰炸，以及我军物资的惨重损失。在他在去往胜湖里的途中，路过三登站的时候，心情久久难以平静。他凝视着这座小站，在内心发誓，就是战斗到死，也要和敌人拼到底。

由于段思德业务熟练，能够独当一面，在他到达胜湖里车站不久后，上级根据需要，准备将他安排到距离前沿阵地较近的立石里站，主要任务是保证前方电话线时时畅通，必要时进行武装巡回。这也是段思德的愿望，于是，接到安排的段思德又马不停蹄，披星戴月，赶到了距离前沿阵地较近的立石里站，开始工作。

立石里站，紧挨着南江大桥。20 世纪 70 年代，反映朝鲜战争的朝鲜电影《南江村的妇女》在我国上映，影片中的南江村，指的就是南江大桥附近的一个村庄。这座大桥由于离前线较近，是敌人的重要轰炸目标之一。因此，守护这座铁路桥的铁道兵战士，在原有的大桥被炸毁后，建起了一座钢桥，钢桥于每天傍晚 5 点开始架设，清晨 5 点开始拆除，以保证每天晚上十多趟军列通过。在架桥的过程中，敌机每天都会来扫射和轰炸，许多铁道兵战士在保护大桥时倒在了血泊之中，再也没有睁开双眼。这一切，都被年轻的段思德看在眼里，更加激起了他对敌人的满腔怒火。

与此同时，敌机也多次对立石里站进行轰炸。一次，敌机又兴师动众地朝车站飞来，车站军事代表、站长、扳道员、通信工立即全部隐蔽到防空洞中。敌机狂轰滥炸一番离开后，大家发现电话拨不出去了，于是不分工种，全体出动，抢修电话线，段思德负责恢复离车站较远的电话线。当他路过附近村庄时，发现被敌机轰炸过的小山村，到处都是朝鲜老乡的尸体。

那封没有送出去的信、南江大桥牺牲的铁道兵战士和小山村里朝鲜老乡的尸体，让段思德的心在滴血。他忘了答应母亲每月给家里写一封信，报一声平安，也忘了那无情的战火随时都可能把自己吞噬，不顾一切地投入紧张的战斗中。为了保护电话线，在每次战斗刚刚停止的时候，他就会爬上山坡、钻进树林、跳进战壕、跃进深坑，把沿途容易被敌人发现的电话线全部拆回来，连同电话机一同藏到地下室。在战斗打响前，他又悄悄潜入树林、战壕，把电话线一段段架设起来，把电话机安装起来，保证了作战时首长通话和前后方军事联系。

为了防止特务破坏，段思德每次巡线时，不仅要背一台手摇电话机，还要背一支步枪，带两颗手榴弹，以防遇到敌人，随时与敌作战。

在一次次的战斗中，段思德也慢慢成长为一名久经沙场的"老将"，杀伤炸弹、重磅炸弹、燃烧炸弹，他看机型、听声音就能判断出个八九不离十。一次，段思德去排查线路，突然遇到了敌人的飞机朝自己飞来。他一看，不好，是杀伤炸弹，于是急忙就地躺下，滚入战壕，但敌人紧紧咬住他不放，向他投下炸弹。就在敌人洋洋得意以为已经把他炸得粉身碎骨而离开的时候，段思德从几乎被炸平了的战壕中爬了出来。他顾不上擦拭一下自己那正在流血的双手和额头，背起工具朝着断开的电话线奔去。此刻，他唯一想做的，就是保证电话线畅通，保证前后方命令传达毫无阻碍，哪怕会像董长顺一样被拦腰炸断，像三登站的战士一样牺牲在火海中，像抢修南江大桥的战士一样付出生命，也都在所不惜。

让我在保卫祖国的战斗中，牺牲自己的一切吧。段思德仇恨地望着远去的敌机，内心怒吼着。

段思德回国留念

一路上，从他身上留下的滴滴鲜血，像一朵朵红色的杜鹃，染红了脚下的土地，染红了他抚摸过的每一寸电话线……

像这样的情形，在朝鲜战场上，段思德经常遇到，他却从未退缩过。他在日记中写道："作为一名中国青年，我能做的就是在祖国最需要的时候，献出自己的一切。"

1953年9月下旬，在朝鲜战争停战一个多月后的一天，段思德跟随第一批回国人员离开朝鲜，回到祖国，回到山西。

段思德（后排右五）回国时在沈阳合影

　　当见到阔别一年多的母亲时，段思德发现母亲那曾经明亮的眼睛竟然快失明了。原来，就在他奔赴朝鲜后，日夜惦记儿子的母亲，几乎天天去邮局，询问有没有儿子的来信。一次、两次、三次，每一次母亲都带着希望而去，却带着失望而归。时间久了，邮局的工作人员都认识了这位母亲，知道她有个儿子在朝鲜打仗。有时候，遇到下雨天，或下雪天，邮局工作人员看到段思德的母亲又朝邮局走来时，就跑出去，远远地向她摆摆手，意思是："快回去吧，没有你儿子的信。"

　　段思德在朝鲜战斗了一年多，母亲在老家惦记了他一年多，由于一直没有收到儿子的来信，母亲几乎终日以泪洗面，时间久了，一双眼睛渐渐失去了光明。

　　当段思德站到母亲面前，听父亲把这一切都告诉他时，他忍不住抱紧母亲，一边流泪一边请求母亲原谅。

　　不久，位于内蒙古草原戈壁上的集二铁路准备开通运营，这是一条国际干线，通往蒙古和苏联，因此需要一批思想坚定、政

段思德珍藏的抗美援朝纪念章

治可靠的技术骨干、劳模先进、战斗英雄前去支援。于是，刚从朝鲜战场上回国的段思德，又报名去支援内蒙古的铁路建设，直到20世纪70年代，才回到山西。

时光荏苒，春去秋来。如今，距离段思德老人参加抗美援朝战争已经过去了70年，每当回忆起往事，他都会想起那封没有送出去的信，想起那些牺牲在朝鲜的战友。他说，如果再让自己回到70年前，他依然还会在祖国最需要的时候，做出同样的选择。他也相信，如果董长顺以及那些牺牲了的战友还活着，那么，他们也一定会做出同样的选择，把青春和热血献给祖国，因为，那是每一名中华儿女共同的选择。

胸前的文件

受访人：马占奎

中共党员，河北石家庄人，退休干部，1932年出生，入朝时20岁。

1953年的初夏，鲜艳的金达莱花在朝鲜的大地上绽放着。一天，支队要求马占奎去指挥部取一份重要文件。在返回支队的途中，敌人的飞机朝马占奎坐的摩托车投下炸弹，眼看就要炸到摩托车了，马占奎让司机赶快跳车，几乎是同一瞬间，炸弹爆炸引起的强大气流把摩托车掀得飞了起来，翻滚着落在地上，马占奎被压在摩托车下，失去了知觉。敌机飞走后，摩托车司机找到马占奎，只见金达莱花丛中，马占奎虽然昏迷不醒，但依旧把那份重要文件紧紧地护在自己的胸前。

与其他赴朝作战的铁路职工不同的是，马占奎当年到朝鲜后，没有被安排去抢修铁路，也没有被安排去开着火车抢运物资，或者去接通电话线，而是当了一名统计员。因此，每当提起自己在朝鲜的经历，他都总是谦虚地说："我的工作没有其他战友危险，我也没其他战友英勇。"

难道，当年在朝鲜战场上，真的如他所说的那样吗？

马占奎出生于1932年6月，1949年5月，太原刚刚解放不久，17岁的马占奎便从石家庄铁路公安处调到太原铁路公安处。工作了一段时间后，因岗位需要，他又被调往天津铁路公安处统计科，并加入了青年团。抗美援朝战争爆发后，马占奎与铁路系统的其他青年团员一样，怀着一颗无比热忱的爱国之心，要求赴朝作战。1952年9月，他的申请被批了下来，接到赴朝的通知后，马占奎赶回河北徐水老家，与父母辞别。听说儿子要去朝鲜，父母亲并没阻拦，而是鼓励他到了朝鲜后，要帮助朝鲜人民多消灭敌人，保卫自己的祖国。临别之日，父亲专门赶到天津为他送行，站台上，父亲对胸前佩戴着大红花的马占奎叮嘱道："儿呀，你先去吧，如果还需要人，那我也报名，到时候咱们一起上战场上打敌人。"马占奎望着年过半百的父亲，心生敬意。他想，面对祖国的召唤，正是因为有了千千万万这样深明大义的父母，才有了千千万万热血青年跨过鸭绿江，奔赴朝鲜战场。他还由此联想到，自己到了朝鲜，一定要狠狠地消灭敌人。

从天津到达沈阳后，马占奎也被编入中国人民志愿军八九七部队第三支队，并换上志愿军服装。几天后，他赶到丹东，搭乘一辆汽车，过鸭绿江向朝鲜新成川分局而去。

汽车在朝鲜行驶了大半天，载着马占奎到达新成川。来之前，马占奎有过很多种设想，想着部队会让自己去修铁路、去修桥梁、去运物资，他暗自告诫自己，无论干什么，自己都要冲在最前面，为保证"打不烂、炸不断"的钢铁运输线做出一名青年团员应有的贡献。

到新成川分局报到后，领导根据马占奎在国内的工作情况，安排他担任第三支队的统计员。统计员是一个每天与各种材料打交道的岗位，离马占奎"要到最危险的地方去"的愿望有很大的差距，但马占奎并没有因此而轻视自己的这份工作。因为他知道，统计员虽然不直接与敌人打交道，却是保证全支队所有抢修用料的一个重要环节。而且，没过多久，马占奎便发现自己的这个岗位，并不是每天只和材料打交道，而是几乎天天都被敌人的飞机追来追去，炸来炸去，这也让他对战场上的统计员工作有了一个全新的认识。

第一次遇到敌人的轰炸，是马占奎刚到新成川后的第三天，那天中午，支队长派他带上四辆汽车，到指挥部去领汽油。当时，朝鲜战场上短距离的运输，包括抢修铁路、抢修桥梁的材料运输，主要都是依靠汽车来完成的，所以，汽车用油必须保证随时供应充足。

马占奎接到任务后，带着四名汽车司机，开着四辆嘎斯车，拉着二三十个空汽油桶便出发了。时值金秋，公路两边的庄稼地里，稀稀拉拉地生长着一些已经成

马占奎驾驶汽车行驶在山路上

熟的玉米，却无人收割。马占奎看着这些熟悉的农作物，想到在自己的家乡，也正是玉米成熟的季节，此刻，老家的亲人们一定正在愉悦地收割这些劳动的果实。而眼前的玉米地，却看不到朝鲜老乡的身影，此情此景，让他在心中不禁发出感慨：如果没有战争，没有炮火，这该是一个多么美好的收获季节啊。

汽车穿过一片片玉米地，开过一座座小山，向前驶去。

去指挥部拉汽油的路途中，马占奎他们没有遇到敌人的飞机，所以一路比较顺利，这让第一次带队出动的马占奎，悬着的一颗心也稍微放了下来。

到达指挥部后，二三十个汽油桶很快便装满了汽油，于是，马占奎带着四辆汽车开始返回三支队。一路上，马占奎和大家一边观察着上空，一边尽量沿树林或山脚行驶，目的是为了避开敌

人的视线。离三支队越来越近了，如果不出意外，再有半个小时，就能到达三支队了，这时，马占奎敏锐地捕捉到空中传来一阵"嗡嗡嗡"的声音，他从车上站起来，朝远处望去，只见从远处的山头上，飞来了几架敌人的飞机。于是，马占奎急忙指挥大家把汽车开到旁边的山脚下，并迅速用树枝把汽车遮挡起来，所有人员就地隐蔽。

敌人的飞机，没有发现异样，从马占奎他们的上空飞了过去。这是马占奎进入朝鲜后，第一次遇到敌人的飞机，想到之前自己的许多同事就是牺牲在这些飞机的轰炸中，他就不由得用憎恨的目光看着那些远去的敌机，他想，既然自己不能上前线消灭敌人，那就在后方做好保障，为前方的战士补给充足，让前方战士多消灭敌人吧。

马占奎（前排左三）与战友在修建被炸弹炸毁的房屋

在朝鲜的日子里，马占奎几乎每天都会和敌人的飞机迎面相遇：有时是他带着车队正在前行，遇到了敌人的轰炸；有时是他在徒步前行，遇到了敌人的射击。1953年的春天，大地返青，金达莱花鲜艳绽放着。一天，三支队接到上级命令，要求所有在朝人员做好与敌人打到底的准备。

在"打到底"的准备中，支队长派马占奎带着车队，到指挥部去拉运物资材料，并且要求他，能多运一车，就多运一车，其中，汽油的数量就有近百桶。

马占奎带着支队所有的汽车，赶往指挥部，与之前一样，去的时候，一路顺利，但返回的途中，敌人的飞机就死死盯住他们，追着不放，并渐渐接近他们的车队。想到近百桶汽油一旦被敌人的炸弹击中，那将会引燃整个车队，烧焦整座山头，马占奎就不顾个人安危，跳下车指挥所有车辆分不同方向朝不远处的一大片树林驶去。

汽车一辆辆地开入树林里，隐藏起来，马占奎也带着几名司机分散开，躲到了一块块大石头的背后。很快，敌人的飞机飞了过来，他们在空中盘旋了几圈，却始终找不到车队的踪影，于是气恼地朝树林里盲目投下了几枚炸弹。顷刻间，刚才还一片寂静的树林，土石飞扬，树木倾倒，浓烟滚滚。其中，一枚炸弹即将落在马占奎的身旁不远处。马占奎抬起头，看着从空中落下来的那枚炸弹，本能地想朝另一个方向跑去，但此刻，地面上出现任何一个移动的物体或身影，都会引起空中敌人的注意，所以，马占奎知道自己不能动，更不能跑。

流沙

炸弹，在他的身旁爆炸了，飞起的碎石噼里啪啦地落在他的身上、砸在他的头上，但马占奎，却一动不动。待敌机飞走后，大家跑过来急忙把马占奎从石头堆中扒出来，发现他的脑袋正在流血。来不及包扎伤口，马占奎擦了一下脑袋上的鲜血，组织车队快速朝支队返回，将领取的物资及时运回了支队。

1953 年初夏的一天，支队长通知他速去指挥部一趟，只是这次不是领取材料，而是去领取一份文件。

到朝鲜以来，马占奎领取过许多材料，包括抢修铁路的材料和战友们的粮食、生活用品等，但这次，突然让自己专门跑一趟去领取一份文件，马占奎意识到这份文件的重要性。为了缩小目标，他这次没让司机开汽车，而是让司机驾驶一辆摩托车带他前往。

从指挥部取到那份文件后，马占奎片刻不停地返回支队，路途中，在这一带侦察的敌机发现了他们，紧紧追着摩托车而来。看到又被敌人盯上了，马占奎让司机加快速度，争取甩掉敌人的追踪。但摩托车的速度毕竟有限，又是行驶在崎岖不平的山路上，所以，敌人的飞机很快便追了上来，并朝他们投下炸弹。在轰炸中，马占奎紧紧保护住那份刚刚领到的文件，他想，即便自己牺牲了，也不能让这份重要文件受损。

敌人的一枚炸弹朝摩托车投来，眼看就要炸到摩托车了，马占奎让司机赶快跳车，几乎是同一瞬间，炸弹爆炸引起的强大气流把摩托车掀得飞了起来，然后翻滚着落在地上，马占奎在轰炸中被压在摩托车下，几乎失去了知觉。

敌机走后，司机一瘸一拐地找到摩托车，找到压在摩托车下的马占奎。只见金达莱花丛中，马占奎虽然昏迷不醒，但他依旧把那份文件紧紧地护在自己的胸前……

1953年7月，朝鲜战争胜利后，马占奎和其他战友帮助新成川车站恢复铁路设施，1954年4月返回国内，回到太原铁路局。如今，马占奎已是一位九旬老人，但每当忆起那段难忘的岁月，他都会像年轻时一样，浑身充满力量，唱起那首令他终生难忘的《中国人民志愿军战歌》：雄赳赳，气昂昂，跨过鸭绿江。保和平，卫祖国，就是保家乡。中国好儿女，齐心团结紧，抗美援朝，打败美国野心狼！……

在歌声中，马占奎仿佛又成了那个热血青年，成了那个把文件保护在自己胸前的统计员！

不是团员的团员

受访人：张子明

群众，山西忻州人，退休职工，1934年出生，入朝时18岁。

战斗在朝鲜的张子明，一边完成着机车检修任务，一边在等待着那个令他激动的通知——加入中国新民主主义青年团。但不久，他得到一个消息，由于家庭成分原因，他的入团申请没有得到批准。张子明躲到没人的地方，悄悄哭了一场。不久，在一名牺牲战士的影响下，张子明决定像一名真正的团员一样，投入战斗中。在一次桥梁抢修中，张子明和几名青年团员一起跳入河中，在冰冷刺骨的河水中咬紧牙关，保证桥面铺设和车辆通过。

1952 年 10 月中旬的一天，山西忻州王家庄村子一户姓张的人家，来了许多乡亲。大家听说，张家的老二即将到朝鲜战场上，去参加抗美援朝战争，因为这是保家卫国的行为，是乡亲们心目中的壮举，所以，大家都来为这个年轻人送行。

　　张家的老二，叫张子明，刚满 18 岁，是太原机务段一名修理机车的钳工。此时，他参加工作刚刚一年多，但面对国家需要，这名年轻人义无反顾地报了名。

　　张子明原名叫张顺全，1948 年忻州解放后，他在忻州第一完小读书。学习之外，聪明伶俐的他在老师的帮助下，学会了说快板、演小品，并跟着同学们到周边的村子里宣传土改政策，有时也到太原周边用快板和小品形式，向乡亲们做宣传，号召大家积极支援太原解放。当时，忻州第一完小的校长姓赵，叫赵世忠，是个老红军。他看张顺全既机灵，又活泼，思想也上进，很是喜爱。一天，他把张顺全叫到跟前，语重心长地说："顺全，我重新给你起个名字吧，叫子明怎么样？"那时解放军正在攻打太原，赵校长新起的这个名字让 15 岁的少年张顺全立刻联想到其背后的深刻含义，那就是光明即将驱走黑暗，洒向大地。所以，张顺全对这个名字非常喜爱，欣然接受，自此，他改名为张子明。

1951年，张子明从学校毕业，恰逢太原铁路局招工，他顺利考入太原机务段，成为一名学徒工，跟着师父岳通喜学习机车检修。很快，师父便发现张子明不但聪明、勤快、好学、能吃苦，而且干起活来手脚特别麻利，于是和张子明签了一份师徒合同，合同上清清楚楚地写着，一个月就让张子明出徒。这种现象，在铁路系统并不多见，因为按照规定，一般的新工人都要学习锻炼半年后才能出徒，甚至有的半年后，还不能离开师父单独作业。但岳通喜相信，自己所带的这个徒弟完全能在一个月后单独顶岗。

师徒合同签订后，张子明更是刻苦学习机车检修的知识和技术，师父岳通喜也手把手尽心地给这个年轻人传授经验。一个月后，张子明参加单位组织的出徒考试，实际操作包括机车风泵、大小闸等关键部件的检查和修理，令人没想到的是，张子明不但一下考过了三级钳工所有的操作，而且还达到了四级钳工的水平。当时，学徒工的工资是12.5元，张子明却一下子拿到了30元，在单位引起了不小的轰动。

而张子明，并没有因为自己每月可以拿到30元工资而高兴，在他的心里，有着更高的追求。当时，朝鲜战争正在持续，太原机务段的许多火车司机和修理工都相继奔赴朝鲜战场，张子明虽然刚参加工作不久，但看着一批批出发的前辈，他的心中很是羡慕，向往自己有一天能被批准到朝鲜战场上，帮助朝鲜人民打击侵略者，保卫自己的祖国。但他毕竟参加工作时间太短了，甚至连递交赴朝作战的申请资格都没有，于是，他决定埋头苦干，用实际行动支援国内的建设，以此支援朝鲜战争，并积极向组织递交入团申请书。

1952年春夏之际，太原机务段司炉工马志光在中朝边境上牺牲的消息传回太原机务段，大家得知后，都十分悲痛。张子明虽然没见过马志光，但是被他牺牲前的那句"不要管我，你们要……"深深打动，18岁的张子明更加向往能像马志光前辈一样，到朝鲜战场上去抛洒热血，保卫祖国。当年10月，太原机务段接到通知，朝鲜战场急需一批机务人员，其中包含机车修理工。当单位开会向大家宣布这件事情时，张子明毫不犹豫地报了名。虽然他参加工作才一年多，但单位领导根据张子明的日常表现和技术能力，决定批准他作为唯一的控制钳工，前往朝鲜。

控制钳工是机车修理中的一个关键工种，主要针对机车受损的制动机进行修理。当时，在朝鲜的许多机车遭受敌人的轰炸，制动机受到损坏，直接影响物资运输，所以，在诸多的机车修理工中，朝鲜战场最迫切需要的，是像张子明这样的控制钳工。

张子明志愿入朝作战的申请被批准后，就从太原回到忻州，回到王家庄村，向父母和哥哥辞别。父母是一对老实巴交的农民，得知小儿子去朝鲜是为了保家卫国，什么也没有多说，立即给他准备起了路途中的干粮。这时，张子明要奔赴朝鲜战场的消息传遍了整个村子，乡亲们也都赶来为这个好青年送行。

从太原机务段出发时，单位给张子明他们召开了欢送会。单位领导为他佩戴上大红花，看着他那洋溢着青春气息的脸庞，紧紧握住他的手鼓励道：子明，到了朝鲜，你要支援运输，早日立功。同时，单位领导还告诉他一个好消息，那就是他日思夜想的入团申请已经上报到分局团委，如果没意外，很快就会得到批复，请他在朝鲜等待入团的喜讯。张子明听了，激动地点了点头，他为自己即将成为一名青年团员而感到心情澎湃，决心要以一名青年团员的标准在朝鲜战场上保证机车运输。

几天后，张子明和太原机务段的几名火车司机从太原出发，前往沈阳。两天后，张子明与从其他铁路局赶来的职工一起被分配到〇五部队，他们按照要求，从沈阳到达集安，然后准备连夜从集安过江，前往朝鲜的新成川分局报到。

虽然一江之隔的对岸，便是朝鲜战场，但此刻张子明心中却没有任何害怕，尤其是想到那些之前牺牲的前辈，他的热血就在体内奔涌。过江途中，个头高大的张子明，始终走在队伍的最前面，他这么做，一是为了保护后面的同志，二是为了配合领队干部辨别前进的方向。

张子明和大家过江后，利用夜色掩护，抓紧赶路；到了白天，为了躲避敌人的飞机，他们钻入大山之中或趴在树林之中。此时的朝鲜，冬天已经来临，地上有了积雪，为了不被敌人发现，张子明他们趴在地上隐蔽的时候，统一将棉衣翻过来穿，因为棉衣的里布，是白色的，与雪的颜色一致，这样趴在地上隐蔽时，不容易被敌人发现。就这样，他们夜间赶路，白天隐蔽，终于在几天后，步行到了新成川分局。报到后，张子明被分到阳德机务段。阳德与新成川还有一段距离，仍旧需要步行前往，而且，这一段路程，无人给他带队，只能靠自己独自前往。但此时，心中装着一团火的张子明，根本无惧一切困难，他一接到分配，就立即动身前往阳德。为了避免自己走错方向，耽搁时间，张子明选择沿着铁路线行走。这样可以保证以最快的速度、用最短的时间到达阳德。但沿着铁路线行走，也最容易暴露目标，因为敌人的飞机，每天不间断地在铁道线上空侦察、轰炸。

急于到达阳德的张子明，沿着铁路线马不停蹄地赶路，他一会儿穿山、一会儿跨河，途中敌人的飞机几次飞来侦察，他都非常机智地或趴到地上，或躲入山中，待敌机飞走后，再接着行走。第二天下午1点多，张子明终于到达阳德机务段，当他向军事代表谢绣文报到时，谢绣文对他的勇敢赞赏有加。

紧张的工作开始了，虽然张子明他们不直接与敌人在战场上面对面作战，但敌人对他们的轰炸却是经常发生的。因为阳德位于新成川和高原站之间，是中国人民志愿军的后勤部所在地，志愿军的许多军事物资都在这里进行中转，所以，这里的每一个人、每一座房舍，都是敌人袭击的目标。

就在张子明到达阳德后不久的一天早晨，敌机便来轰炸了。当时，张子明和检修小组的另外两名同伴正准备进入阳德3号山洞，对停留在山洞内的机车进行检修，敌人的一架飞机突然飞了过来，朝着山洞口便是一阵轰炸和扫射。张子明他们一边躲避，一边迅速进入山洞。敌机没炸到他们，悻悻而去。但不久后的一天傍晚，敌机又来袭击他们了。那是一个天色将黑的傍晚，躲避在山洞内的列车也准备趁着夜色，向前线出发。张子明和同伴修理完机车，走出山洞，打算返回驻地。就在他们走到一半的时候，敌人的飞机飞了过来，朝他们进行扫射。此时，无论是返回山洞，还是跑向驻地，都有一段路程，而且在这段路程中，除了铁道线，四周毫无遮挡，也就是说，无论他们朝哪一个方向奔跑，都必将被敌机射中，怎么办？紧急时刻，张子明发现不远处的山坡上，有一片松树林，于是急忙呼喊大家快到松树林中躲避。

在张子明的指挥下，几名机车修理工迅疾爬上山坡，钻入松树林。敌机尾随而来，在松树林上方侦察了许久，看不到张子明他们的人影，于是盲目扫射了一阵子，掉头飞走。

张子明的机智和勇敢，以及他在机车检修中的高超技术，让同伴们越来越佩服他。而此时，战斗在朝鲜的张子明，一边在完成机车检修任务，一边在等待着那个令他激动的通知——加入中国新民主主义青年团。但不久，他得到一个消息，由于他的爷爷曾是地主，他的入团申请没有得到上级批准。

没能加入青年团，对张子明来说，是一个不小的打击，他躲到没人的地方，悄悄哭了一场。

又一个晚上即将到来，夕阳快要落山的时候，军事代表悄悄通知他，当晚11点左右，将有一批特殊物资运到阳德站，然后卸车通过汽车运往附近的大山里，要求张子明加入卸车的队伍。

张子明知道，特殊物资不是每天都有，这样的物资，是志愿军补给的重中之重，能够参与这样的卸车任务，是自己的光荣。于是，当天晚上，他早早到车站做好准备。特殊物资列车刚一进站，他便和大家登上列车，将一箱箱物资搬运下来，装到汽车上。

就在张子明搬运第三箱物资时，夜空中传来了敌人的飞机声，大家互相提醒，加快了搬运的速度。张子明的脚下如生了风一样，肩上的箱子从每次一箱变成了两箱。

敌人的飞机很快便飞了过来，投下的照明弹把阳德站照得如同白天一样，白晃晃的亮光下，正在搬运物资的志愿军战士和铁路职工被敌人看得一清二楚。敌人发现他们正在抢运重要物资，于是发出信号，引来更多的飞机，对阳德站进行轰炸。

为了保证将这些物资及时转运到大山中，将损失降到最低，张子明和大家没有躲避，没有隐藏，而是冒着敌人的轰炸，继续抓紧时间搬运。敌人的炸弹，一枚枚落下来，把阳德站炸得火光冲天。张子明在火光中忘我地搬运着，突然，一枚炸弹落在了他身旁的不远处，顷刻间便爆炸了，一名志愿军战士在爆炸声中倒在了张子明的身边。张子明看着这名与他年龄相仿的战士，急忙放下肩上的物资，上前将他扶起，可那名战士却流着鲜血对他说道："不要管我，快去搬运物资。"

不要管我！这四个字让张子明觉得是如此的熟悉，他猛然想起，自己的前辈马志光在牺牲前，也说过同样的四个字。他含着热泪，放下这名志愿军战士，又投入搬运物资的行列中。

那次搬运任务结束后，军事代表告诉他，那名牺牲的战士，刚 18 岁，是一名青年团员。张子明听后，眼眶湿润，并在心中暗自告诫自己：不能因为没有被批准加入青年团，而忘了来朝鲜的初衷，反而，自己更应该像一名真正的青年团员一样，去战斗。于是，他放下心中的思想包袱，投入机车修理中，保证每一趟经由阳德开往前方战场的机车，都能安全出发。同时，在修理完机车后，他又积极加入挖山洞的行列。大家常常看到，张子明在挖山洞时，总是捡最脏最重的活干，双手都磨出了血泡。

1953年的初春，阳德站附近的一座公路桥被山上融化的积雪冲垮了，河水夹杂着积雪及冰块，横冲直撞，一些运输物资的汽车因为不能过河，遭到敌机的轰炸。张子明和大家看在眼里，急在心里。他们决定将这座公路桥立即修复，使其畅通。当时，天气乍暖还寒，河水中又夹杂着没有融化的冰雪，冰冷刺骨，张子明看到这种情况，主动要求和几名青年团员跳入河中，固定木架。刺骨的河水超过了张子明他们的腰部，漫及胸部，但张子明和大家咬紧牙关，将一个个木架固定牢固，保证了桥面铺设和汽车通过。

严峻的环境，让张子明的意志得到锤炼，他虽然不是一名青年团员，但在大家的心目中，他的品质和表现已经和一名真正的青年团员相差无几。一天，军事代表决定派他到二分部物资供应处为大家去领一批食物。这对他来说，是个考验。

从阳德机务段去二分部物资供应处，需要翻越两座大山。临出发时，张子明把随身携带的枪支检查了一遍，然后准备向二分部物资供应处出发。当军事代表问他为何不带点干粮途中充饥时，他说，自己不干重活，肚子不饿。

去的路途中，尚算顺利，虽然也曾遇到敌人的飞机，但由于张子明躲避及时，都没有被对方发现。而返回时，敌人的飞机却盯上了他，就在张子明刚走到阳德1号山洞附近时，敌机几乎是擦着山顶，向他飞来。张子明抬头一看，只见敌机的驾驶员正洋洋得意地朝下面望着他。他想，决不能让这些食物毁于敌人之手，于是，他一边保护好身上背的食物，一边拿出随身的枪支，准备朝敌机开枪。这时，敌机在他头上虚晃一枪，匆匆向远处飞去。

敌机走后，张子明检查了一下背包中的食物，看到没有损失，就抓紧时间朝驻地走去。途中，他的肚子饿得咕咕直叫，但他看了看自己背着的食物，没有打开。

张子明保存的印有"抗美援朝　保家卫国"字样的茶缸

在朝鲜的每一天，张子明始终像一名青年团员一样，严格要求自己。

如今，70多年过去了，每当回忆起那段岁月，张子明都会毫无遗憾地说："一个人，不管是不是团员，是不是党员，重要的是，要有一颗爱国之心，在祖国最需要的时候，毫不犹豫地拿起武器去战斗，去消灭敌人，从而保护祖国的安宁。"他也时常用这句话，教育自己的后人。

2020 年 10 月下旬，张子明与当年参加过抗美援朝的健在老同志一起收到了中共中央、国务院、中央军委颁发的"中国人民志愿军抗美援朝出国作战 70 周年"纪念章。手捧纪念章，老人热泪盈眶，他说："如果党和国家有号召，我还愿意再上前线，如果不需要我上前线，那我就把退休金捐给前线的战士。"

半筒咸菜

受访人：马　琛

中共党员，山西大同人，退休干部，1922年出生，入朝时29岁。

在朝鲜的黄州站和西浦站，马琛作为军事代表，每到一处，都把他在中国的经验毫无保留地传授给朝鲜铁路工人，并带领中朝两国工人紧密团结在一起，共同保证铁路运输。但让马琛自责的是，由于粮食短缺，许多工人患上了夜盲症，常常在夜间摔倒，为此，他的心中很不是滋味。一天，一列往前线运送物资的列车从车站经过，马琛为了大家，开口向车上负责押运物资的同志要了半筒咸菜，并拿回伙食团让大伙儿拌着红大米吃。事后，马琛反思不足，认为那是专门送给前线志愿军战士的咸菜，自己不该伸手去要。

1952年9月25日至30日，正当新中国成立后第三个国庆节到来之际，中国人民志愿军铁道军事管理总局首届功臣模范代表大会，在沈阳举行。出席这次会议的代表，有168名，他们是来自朝鲜战场上的铁路工人。

会议期间，一位英姿飒爽的青年与参会的其他代表亲眼看见了祖国伟大的经济建设和人民的幸福生活，内心很是振奋，他和大家相约，返回朝

马琛（前排左一）参加首届功臣模范代表大会时与战友合影

鲜战场后，将一如既往地援助朝鲜人民打败侵略者，保卫祖国安全及世界和平。

这位青年，叫马琛，他来自山西，是山西最早赴朝的铁路职工之一。

流沙

1950年朝鲜战争爆发后，马琛在抗美援朝、保家卫国的号召中，向组织递交申请，要求赴朝。当时，他是怀仁火车站的一名副站长，有着丰富的铁路运输经验。1951年3月初，他的申请得到批准，29岁的马琛怀着一腔爱国之志，从大同乘坐火车，赶到沈阳集结，然后奔赴朝鲜。

马琛（右一）与平壤站站长（朝鲜人）在一起

到朝鲜后，马琛被安排在黄州站担任军事代表。黄州站位于平壤以南，是主要干线上的一座车站。到达黄州站后，马琛立即开展工作。

军事代表需要负责全站大大小小各种事宜，工作地点又是在战火纷飞的朝鲜，这对马琛来说，是一个巨大的考验。

刚到达黄州站不久，马琛便发现敌人的飞机常常来轰炸，炸弹不仅炸平了附近的山头，还炸毁了站房，炸断了钢轨。当时，黄州站平均每天有三四十辆车通过，驶向前方战场，在敌人的轰炸中，这些车辆和车上的物资都遭受到不同程度的损失。想到这些物资都是祖国人民支援前方志愿军战士的粮食、衣物，就这样被敌人的飞机白白炸毁，多对不起前方的志愿军战士，对不起后方的祖国人民呀。想到这里，马琛急得连觉都睡不着，他下定决心，要想办法尽最大努力将这些物资及时运往前线。

很快，马琛发动在黄州站工作和战斗的中朝两国职工全都行动起来，成立了一个抢救组，集中在车站隐蔽地带。每当有列车遭到敌人轰炸时，马琛就和大家带着铁锹、洋镐、水桶等工具，紧急抢救这些列车上的物资。许多时候，他们的抢救都是在敌人的轰炸中进行的，敌人一边炸，他们一边抢，十分危险。每当危险来临，马琛首先想到的是前方志愿军战士比他们还要危险得多，自己作为一名共产党员，作为黄州站的军事代表，应该带头直面危险，不畏牺牲抢救物资，所以，他每次都冲在最前面。

马琛是一个善于总结经验的人，在经过几次大大小小的抢救后，他发现，当敌人来轰炸时，仅靠黄州车站自身的力量，还远远不够，抢救出来的物资，也是有限的。于是，他找到驻扎在黄州车站附近的兵站负责人，请求兵站派一个班的兵力，成立兵力抢救组，与车站抢救组一起抢救物资。他的建议得到了兵站负责人的支持。在马琛的带领下，抢救组在当月便出动了七次，从敌机的轰炸中抢救出了一车白米面、两车炒面、一车高粱米、两车大豆、三车盐巴、一车虾皮等十车物资，合计重量355.5吨，立下了集体大功一次，集体小功一次。

在抢救这些物资的过程中，马琛看到在敌机的不断轰炸中，黄州站到处是深浅不一的弹坑，有的弹坑深达数米，严重影响列车通过，于是，在成立物资抢救组的基础上，1951年6月，马琛组织大家，又成立了一个线路抢修队，号召大家背土运石、回填弹坑、修复线路。其间，敌人飞机不停地前来轰炸、阻挠，但为了把铁路抢修畅通，保证列车运输，马琛和大家不顾自身的危险，多背快跑，把紧挨着铁路线的弹坑一一回填起来，保证列车迅速通过，受到了上级表扬。

与此同时，马琛还把在国内的工作经验，用于朝鲜战场，在成立了物资抢救组和线路抢修队后，1951年7月，马琛带着大家，在黄州站开展安全活动。当时由于各种原因，许多开往前线的列车，风管被拉断，不得不临时停下来更换、修理。马琛看在眼里，急在心里，认真分析原因，找准问题症结，深思熟虑后组织大家开展了消灭事故运动月活动。

这项活动是在敌机频繁轰炸和中朝两国职工工作不统一的情况下进行的，所以困难和阻力相当大，但马琛凭着自己的能力，坚持把活动开展了下去。为此，他把自己在祖国买的日记本，送给了黄州站的朝鲜站长赵斗槿同志，鼓励对方要增强信心，保证运输。这位朝鲜站长深受鼓舞，工作热情也一下子被激发出来。

经过安全活动的开展，黄州站的工作制度和分工负责制得到了极大的健全和明确，防止了拉断风管事故16次，再一次受到上级的表扬。

1952年11月，因工作需要，马琛由黄州站调至西浦站，继续担任军事代表。西浦站紧邻平壤，是通往平壤的门户，比黄州站要大许多。当时，马琛因为过度劳累，染上疾病，这是他入朝后第二次生病，再加上此时的朝鲜天寒地冻，他不由得想起了家，想起了祖国。但静下来后，他想得更多的，是如何帮助朝鲜人民打败侵略者，如何把物资又快又好地运送到前线战场。

1953年的元旦很快便到了，这一天，马琛站在西浦车站，遥望祖国。在深深的遥望中，他想起了三个月前回国参加首届功臣

1953年2月,马琛(右一)和战友在一起

模范代表大会的情景,想起祖国正在日益走向繁荣昌盛的经济建设和人民的幸福生活,下定决心:一定要保护祖国的安宁。

也是这一天,敌人的B-29型重型轰炸机对西浦站进行了四次轰炸,在轰炸中,马琛冒着随时可能被炸到的危险,跑进站内了解线路情况,指挥列车开进附近山洞,抢救被炸的伤员。

第二天,敌人的B-29型重型轰炸机又来轰炸西浦站,由于前一天敌机刚刚来实施过轰炸,西浦站中朝两国的职工警惕性都很高,当听到敌机飞来的声音时,大家都躲避到附近的山洞中。就此时,恰有一台机车正停留在车站的股道上,必须有人将其带到前方安全地带,才能不被敌机轰炸。

派谁去呢?马琛皱紧了眉头。因为此时无论派谁去为这台机车带路,都会有生命危险。想到这里,马琛决定由自己去完成这项任务。于是,他冒着敌人的轰炸,跑出山洞,奔向机车。

敌人,很快发现了马琛的身影,朝他投下炸弹,企图阻止他将机车转移出车站。而此刻，马琛已经全然忘了自己，在炮火中，他英勇地靠近并登上这台机车，及时指挥司机将这台机车开出车站，开到安全地段，避免了机车被炸、物资被毁的事件发生。

在西浦站，马琛同样把在国内的工作经验，倾囊传授给了朝鲜职工，先后培养了吴书林扳道组和金应南调车组。1953年6月，西浦站实行新的工作方法后，马琛又推广了邰复根和朴世永配合工作法，使西浦站的工作有了很大的改善。同时，他还将自己出国前买的金星钢笔送给了西浦站的朝鲜站长李世根同志，鼓励他带着朝鲜职工为了朝鲜早日解放而努力战斗。马琛身上那种无私的、可贵的友情，让西浦站的朝鲜职工很受感动，大家都团结在他的周围，共同保证运输。

在朝鲜，马琛每到一地，都和当地的老乡结下鱼水之情。1951年至1952年，他在黄州站工作期间，多次组织黄州车站的职工，包括工务和给水所的同志们，到车站附近的村子里，给当地的军烈属和老乡收割高粱。仅1951年10月，他们就出动四次，帮助军烈属和老乡收割高粱29亩（约1.93公顷），受到了当地委员会的感谢。同时，他还组织大家利用休息时间，积极上山打柴。当时，上级要求他们每人打柴250公斤，以备过冬。马琛接到任务后，带着大家成立了三个打柴小组，在冬天到来前，每人打柴750公斤，共计打柴16200公斤。到了冬天，许多朝鲜老乡因烧柴不足，无法正常取暖，都纷纷找到车站，马琛和大家及时向老乡们伸出援助之手，帮助他们度过冬天。1953年，马琛在西浦站工作期间，又带领西浦站的职工，多次到附近的村子里，帮助当地军烈属和老乡进行春耕，共耕地 15 亩。在一次次的帮助中，黄州站和西浦站的中国铁路职工，也与两地的朝鲜老乡结下了深厚的感情。

在朝鲜，马琛也有令自己感到不安和自责的时候。由于当时朝鲜战场上粮食短缺现象时有发生，车站职工有的时候甚至连盐巴也吃不上，渐渐患上了夜盲症，极其影响夜间工作，有的职工甚至因为看不清股道间的弹坑，连续几次摔倒在地。马琛看到后，心中很不是滋味。有一次，一列运送物资的列车经过他所在的车站，从来都是严格要求自己、不利用工作之便"搞特殊"的马琛，这一次为了全站职工，开口向车上负责押运物资的同志要了半筒咸菜，并拿回伙食团让大家拌着红大米吃。事后，马琛反思自己的不足，认为那是专门送给前线志愿军战士的咸菜，自己不该伸手去要。从此，无论多么困难，马琛也没有再利用工作之便"搞特殊"。有一次，车站职工在一起聊起好久都没有尝到过苹果的香甜味道，如果能闻一闻、摸一摸那香甜的苹果，就是不吃，也挺满足。马琛听到后，找到附近的朝鲜老乡，以 2000 朝币的价格，卖掉了自己心爱的手表，并用这钱换回了大伙儿日思夜想的苹果。

正是在他的一次次关心、爱护和团结下，大家战胜敌人的决心和信心越来越大了，黄州站和西浦站一次次完成了物资运输以及军事特运任务。

1953 年 7 月 27 日朝鲜战争胜利后，马琛继续留在朝鲜，帮助西浦等车站恢复建设，建立起科学的运输体系。1954 年 3 月，马琛即将返回祖国，离开朝鲜时，曾经和他一起工作和战斗过的朝鲜职工，都依依不舍地与这位中国站长告别。

如今，几十年过去了，马琛已是一位百岁老人了，但无论时光如何流逝，他都是我们心中永远的功臣。

三枚弾片

受访人：樊学伟

中共党员，山西运城人，退休职工，1929年出生，入朝时24岁。

1953年5月，朝鲜的高原站被温暖的春色包围着，但与这种春色格格不入的，是敌人的轰炸。一天，正在车站调车的樊学伟被炸弹击中，大家把他抬进山洞，呼唤着他的名字，苏醒过来的樊学伟发现自己的肩上、后背和腰部都在流血，一些弹片已经炸入他的体内，需要送回国内治疗。可樊学伟想到了牺牲的战友，想到了前线急需的物资，想到了祖国人民的期盼，于是告诉军事代表，自己要继续战斗在高原站。从此，三枚弹片便留在他的身上，直到如今。

出生于 1929 年的樊学伟，如今是一位 90 多岁高龄的老人。在他的身上，留着三个特殊的伤疤，伤疤的背后，是一段发生在朝鲜战场上的往事。

1949 年 12 月，新中国成立不久，铁路运输日渐繁忙，太原铁路局开始大量招工，樊学伟通过招工，成为运城火车站的一名调车员。

调车员岗位对职工的要求比较高，不但要身体健壮，而且要行动敏捷，只有像电影《铁道游击队》中的队员那样飞上飞下，才能保证在调车作业中万无一失。

这两点，樊学伟完全具备，因此，在调车员的岗位上，他成长很快，不久，便成了调车员中的佼佼者，担负起调车长的职责。

1950 年朝鲜战争爆发后，太原铁路局掀起了抗美援朝、保家卫国的热潮，这股热潮从太原一直"燃烧"到山西南部的运城，不少职工在这股热潮中，纷纷报名要求前往朝鲜战场。调车长樊学伟听说后，也找到组织，申请加入抗美援朝、保家卫国的队伍。组织答应他，如果朝鲜战场需要补充调车员，就会立即派他前去。

接下来的每一天，樊学伟在工作中，随时等待着组织的通知。

1951年6月下旬的一天，与樊学伟同在一个村子的樊天印从太原回来，准备与父母辞别，前往朝鲜。樊学伟和樊天印是表兄弟，当听说表弟樊天印已被批准入朝作战，樊学伟的心中更加渴望自己的申请能早一日被批准。

终于，樊学伟等到了这一天。那是1953年的元旦，人们正沉浸在新年到来的喜悦中，樊学伟接到了单位的通知：准备出发，前往朝鲜。

樊学伟接到通知后，心情很是激动，他想，七尺男儿，终于可以到战场上报效祖国了。

与樊天印一样，樊学伟出发时，也没把实情告诉家人，他谎称自己要去外地学习一段时间。父母听说后，自然是十分高兴，冒着大雪，欢欢喜喜地送他登上"进修"的列车。

两天后，樊学伟与同一车站的吕士余，一起赶到太原，然后和太原地区的铁路职工会合，前往沈阳，被分配在中国人民志愿军八九七部队第二总队。

1953年1月7日晚上，樊学伟和来自全国各地的数百名铁路职工从丹东坐火车过鸭绿江，进入朝鲜。此时的朝鲜战场，上甘岭战役刚刚结束，它彻底粉碎了敌人的进攻。美国新当选的总统艾森豪威尔到朝鲜视察，宣称要以行动打破战争僵局，并计划在朝鲜东西海岸实施两栖登陆。我志愿军也因此决定彻底粉碎敌人的登陆计划。

到达朝鲜后，樊学伟按照安排，到高原分局高原车站报到。

高原车站位于朝鲜的东部，是一个铁路三岔口，西连阳德、新成川，北接定平、咸兴，南至铁原、汉城（现首尔），是东部一座极为重要的车站。

樊学伟到达高原的时候，正值天寒地冻之际，地上的积雪有半米多深，一脚下去，半条腿便看不见了。这是樊学伟在国内从没遇到过的大雪。在这样特殊的天气中，樊学伟每天在调车前，都要把铁道线和车站两端道岔上的雪刨开，然后再挂好机车，将车辆调进调出。

调车员是铁路运输中最艰苦的一种职业，因为无论风雪多大，调车员都必须以"飞檐走壁"之势，来回跳跃、穿梭于车上车下。冬天，车皮的温度甚至比气温还要低，调车员与车皮之间接触最频繁的手套、鞋子与棉衣，常常被冻住，粘在车皮上，樊学伟因此经常被"冻"在车顶上下不来。

异常寒冷的天气，让樊学伟的手脚和耳朵不久便出现了冻疮，冻疮化脓，又肿又疼。为了不影响调车作业，樊学伟利用休

正在进行调车作业的列车

息时间，把冻疮膏抹在化脓处，然后用火烤，冻疮遇热，又痛又痒，樊学伟又改用雪搓，冻疮遇冷，虽不像遇热那么痛痒，但肿得比之前更大了，致使樊学伟的双手展不开、双脚走不成。就在这时，上级派人给高原站送来了棉衣、棉手套、棉帽子和棉靴，这才解决了大家受冻的问题。

1953年的春天，没有因为战争而推迟。5月，高原站被温暖的春色包围着，但与这种春色格格不入的，是敌人的轰炸，炸弹经常从樊学伟和大家的头上飞过，危险重重。有一次，樊学伟和大家正在进行调车作业，敌人的飞机又来了，他们立即跳下车，准备到附近的山洞去隐蔽，而就在大家刚从车上跳到地面，还没来得及跑向山洞时，敌人的炸弹便落了下来，当场有三名调车员倒在了血泊之中。敌人的飞机飞走后，樊学伟看着刚才还生龙活虎和他一起调度列车的同事，转眼便牺牲了，内心十分悲痛。

不久后的一天，敌人又来高原站实施轰炸，车站军事代表通知大家抓紧隐蔽。当时，樊学伟正在一列车的车顶上进行调车作业，距离地面较高。当他听到军事代表的喊声，从车顶跳下来，还没跑出去两步，敌人投下的炸弹便在他的身旁爆炸了，樊学伟当场晕倒在地，不省人事。

敌机走后，大家把樊学伟抬到山洞中，并焦急地呼唤他的名字。在大家的呼唤中，樊学伟渐渐苏醒过来，这时，他发现自己的肩上、后背和腰部正在流血，一些弹片已经炸入他的体内，疼得他不能翻身。

当时，高原站的救治条件十分有限，要想进行彻底的治疗，就需要回国，可樊学伟想到了牺牲的同事，想到了前线急需的物资，想到了祖国人民的期盼，于是他告诉军事代表，自己要继续战斗在高原站。

在对他身上的伤口进行简单的清理和包扎后，樊学伟在高原站附近的山洞内只休养了几天，便又回到了调车员的岗位上。

1953年6月15日，鉴于樊学伟的优秀表现，高原地区党总支批准樊学伟正式加入中国共产党。成为一名党员的他，许多次为了保护同事，把危险留给自己。

1953年7月27日，朝鲜战争结束。樊学伟怀着无比喜悦和极其内疚的复杂心情，给家中的父母写了一封信。在信中，他告诉双亲，自己一年多来，一直战斗在朝鲜，并在战场上加入了中国共产党，不久，就要回国了。

父母接到信后，悲喜交加，盼望着儿子能够在战争结束后早一天回国，尤其是他的父亲，更是想见儿子一面。

朝鲜战争结束后，由于铁路设施遭到严重的破坏，樊学伟接到通知，没有马上回国，而是继续留在朝鲜，帮助朝鲜人民恢复铁路建设。1953年的秋天，家人给樊学伟寄来一封信，信中写道，一直盼着能与他见一面的父亲，因病离开人世，临去世前，还嘱咐家人，不要把他去世的消息告诉儿子，让儿子在朝鲜好好工作。

樊学伟捧着信，喉咙哽咽，泪如雨下，他悄悄来到一个没人的地方，失声痛哭起来。

1954年元旦过后，樊学伟接到回国的通知，这时，他带着战争的伤痕，回到了祖国的怀抱。

如今，当年朝鲜战场上飞入樊学伟体内的三枚弹片，还留在他身上。每当回忆起朝鲜战争，这位已经90多岁的老人心情总是久久不能平静，他告诉后人：这弹片，是侵略者留下的证据，我们永远都不要忘记。

编外战士

受访人：阎新武

中共党员，河北衡水人，退休职工，1927年出生，入朝时26岁。

1953年初，由于朝鲜战事需要，作为一名铁路工人的阎新武，在入朝申请批准后，被编入精锐之师八五〇七部队，从北京直奔鸭绿江畔，与大部队会合。当时，部队正在朝鲜铺设一条新的铁路线，阎新武一到现场，就被战士们身上那昂扬的斗志感染了。虽然朝鲜的气温尚在-20℃以下，河水里也夹杂着大量没有融化的冰块，刺骨的冷。但这些，根本拦不住阎新武一颗火热的心。于是，从来不喝酒的他，像其他战士一样，端起一碗酒，仰头大口喝了下去，然后趁着浑身发热，脱掉棉衣，扑通一下跳入河中，和大家一起架桥铺路。

在太原北河湾铁路小区一户人家里，有一位名叫阎新武的老人，90多岁的他，常常会静静地端详着政府颁发给他的"中国人民志愿军抗美援朝出国作战70周年"纪念章。他的这枚纪念章，不像其他老同志那样放在抽屉里，或珍藏在柜子里，而是放在电视柜中最醒目的位置，目的是为了时时能够看到它。

　　当老人凝视这枚纪念章的时候，他的思绪也常常回到那段难忘的岁月。

　　出生于1927年的阎新武，是河北衡水郑家河沿镇北沼村人，1949年11月，他考入临汾工务段，成为一名铁路工人，1951年4月，随着单位调整，他调入临汾房建段。当时，在抗美援朝、保家卫国的号召中，临汾房建段已有两批职工志愿赴朝作战，其中一名叫王绍林的职工在赴朝期间，身体负伤，返回国内。

　　王绍林的负伤，并没有让阎新武和大家对参加抗美援朝战争产生畏惧，反而更加激发了大家的爱国之志。尤其是阎新武，从少年到青年，他曾目睹和亲历过日军的侵略暴行，饱尝过当亡国奴的滋味。所以，他特别迫切地想奔赴朝鲜战场，帮助朝鲜人民赶走侵略者，并保护好自己的祖国。于是，阎新武向单位递交申

1953年3月5日《山西日报》刊登的文章

请，希望单位能批准自己到朝鲜战场上作战。

1953年春节前夕，临汾房建段公布了第三批赴朝作战的人员名单，里面并没有阎新武的名字，这让他感到有些沮丧。没过两天，阎新武意外得知公布的名单中，有一位同事因身体原因，不能赴朝，于是他找到单位领导，表达了自己愿意替这位同事去朝鲜战场的愿望，就这样，阎新武被批准赴朝作战。

时值春节，阎新武虽然也十分想念家中的父母和妻子、儿女，想回到河北衡水老家去和他们告别一下，但他最终打消了这个念头。因为他知道，父母的思想，一向守旧，尤其自己作为家中六代单传的独苗，如果被知道他要去朝鲜战场，父母一定会急出一身病的。而妻子，虽然一直很支持自己投身革命工作，但毕竟去朝鲜战场不同于其他革命工作，一个弱女子，有时也很难承受。于是，前思后想一番之后，阎新武决定瞒着家人去朝鲜。

1953年2月15日，农历正月初二，工友们在临汾欢送阎新武和另外一名叫张天增的同事赴朝。很快，阎新武和张天增便赶到了太原铁路局集合，准备前往朝鲜。几天后，阎新武和大家乘坐火车到北京报到，被分配在八五〇七部队。

八五〇七部队是中国人民志愿军铁道工程第七师对外的称谓，前身是中国人民解放军铁道工程第七师，于1952年5月由福建省军区九十六师和苏南军区八十六师合并组建。1953年1月，这支精锐部队整编为中国人民志愿军铁道工程第七师，归志愿军八五一师指挥部指挥，开始入朝作战。

八五〇七师入朝参战，与当时的朝鲜战场形势有很大的关系。

1952年冬天，朝鲜战局继续处于对峙状态，停战谈判也因美方的原因，陷入僵局。不久，美国秘密策划用七个师的兵力在朝鲜半岛的东部或西部海岸进行两栖登陆，妄图从侧背后进攻中国人民志愿军和朝鲜人民军。得知敌人的这一企图，中央军委立即做出决定，调遣包括八五〇七师在内的铁道工程部队七个师，向鸭绿江集结。

当阎新武得知自己被分配到八五〇七部队后，为自己能加入这支精锐之师感到从未有过的荣耀。他在铁道部招待所脱掉铁路工作服，换上志愿军服装，然后和大家坐上闷罐车，从北京直奔丹东，入朝鲜与大部队会合。

闷罐车在路上走了几天几夜，阎新武没有印象。他也不知道，就在他去朝鲜的路途中，家中的父母收到了他从临汾寄回老家的被褥、衣物和日常用品。两位老人一下子猜到儿子可能是去了朝鲜战场，于是乱作一团，尤其是母亲，更是哭得死去活来，要去把他追回来。后来，在村妇女主任的耐心开导下，母亲才知道儿子这是去保家卫国，是去做一件无比光荣的事，这才止住了把他追回来的念头。

几天后，闷罐车停了下来，阎新武发现，他们已过了鸭绿江，到了朝鲜的球场站，接着，他们被安排到苏民洞附近住下。

当时，八五〇七部队正根据上级部署，在全力以赴抢修一条新的铁路——龟殷铁路。这是一条东西走向的铁路，既可以改变朝鲜北部铁路状况，更加适应战争和经济发展需要，又可以将贯穿朝鲜南北的京义、满浦、平元三条铁路连接起来，对粉碎敌人登陆进攻和进一步保证作战物资运输，具有很重要的意义。尤其是，一旦京义线中断，运输瘫痪，这条新修建的铁路就能立刻派上重要用场。为此，上级也提出要求：2月开工，4月完成。因此，阎新武他们到达后，顾不上休息，便赶往龟殷铁路修建现场，参与到这条铁路的修建中。

龟殷铁路全长129公里，途中需要跨越大同江、清川江等六条江河和四座大山，修建大小桥梁92座。阎新武被分配到其中的一个建桥工地，这座桥长大约500米，两端高山耸立，桥下河水湍急。阎新武到达的时候，八五〇七师的铁道兵战士们正在紧张施工。阎新武在临汾房建段干的是木工，对于木制构件的拼装、固定有一定的经验，而当时他们所修建的这座桥梁，正是由木笼和木排架组成的。阎新武一到现场，就被铁道兵战士身上昂扬的斗志感染了，当时朝鲜的气温在-20℃以下，河水里也还夹杂着大量没有融化的冰块，刺骨的冷。但这些，根本动摇不了阎新武要下入河中、固定木笼的决心。于是，从来不喝酒的他，像其他战士一样，端起一碗酒，仰头大口喝了下去，然后趁着浑身

于阎新武来说，却是从未经历过的一件事情，但他决定向身边的战友一样，学会从炸弹中取炸药，从而加快山洞开挖速度。一天，阎新武正拿着小锤，小心翼翼地敲着一枚炸弹的"帽子"，琢磨着如何将炸药安全取出，这时，师长戴彪恰好检查工作，路过他们的山洞。当师长看到阎新武"畏手畏脚"的样子，立刻一脸严厉地批评道："怕死就不要来朝鲜战场，来了就不要怕死！"说完，拿起旁边的一个大锤，朝那枚炸弹的"帽子"砸去。

阎新武被师长批评后，满脸通红地站在那里，不知该如何是好，这时，旁边一位陪同人员告诉师长：这位同志是铁路职工，不是铁道兵战士，没受过拆除炸弹的训练，正在自己琢磨如何拆除。师长听了，意识到自己刚才错怪了阎新武，于是用赞赏的目光看着他，并向他赔礼道歉。通过这件事情，阎新武从师长的身上，看到了铁道兵身上的勇气，决心要处处向铁道兵看齐，不畏牺牲，掌握炸弹的拆除本领。很快，他再也不是那个在炸弹面前"畏手畏脚"的编外战士了，他从炸弹中取出的炸药越来越多，山洞修建速度也越来越快。有了这些山洞，不但志愿军部队有了安全的隐蔽处所，就连反敌人登陆作战所需的各种大量物资，包括粮食、弹药等也有了安全的囤放处所。敌人了解到这一情报后，不得不放弃原来的计划，坐到了停战的谈判桌前。

1953 年 7 月 27 日，朝鲜战争胜利，在帮助朝鲜人民修建家园、恢复生产后，当年 11 月，八五〇七部队返回国内，改番号为中国人民解放军铁道兵第七师。回国后的阎新武，没有像其他铁路职工一样，被安排回到原单位工作，而是一直留在铁道兵第七师随军工作，这在当年赴朝作战的铁路职工中，也是比较少见的。

1953年冬天，在洛阳休整训练了一段时间后，阎新武随部队到达吉林的汤原县，修建营房；1954年营房修建完毕后，他又随部队开赴鹰厦铁路，填海筑堤，修建铁路；直到1955年，阎新武才离开铁道兵第七师，回到原单位临汾房建段。

如今，距离抗美援朝战争已经过去几十年了，可阎新武老人还是常常回忆起那段岁月。尤其是2020年中共中央、国务院、中央军委向他们这些曾经参加过抗美援朝的老同志颁发"中国人民志愿军抗美援朝出国作战70周年"纪念章后，老人更是将这枚纪念章视如珍宝，他说："那里面不仅有中国人民志愿军的荣光，更有我们这个民族的伟大精神。"

药品重于生命

受访人：孟 光

中共党员，河北曲阳人，离休干部，1929年出生，入朝时22岁。

孟光看着眼前那些脸色发黄的火车司机，急忙打开药箱，但看到只有寥寥两包胃药，又想起自己为了保命，摔破药箱，撒落胃药，他的心中愧疚极了。那天夜里，在间里站避车的机车乘务员们又要驾驶着机车向着前线出发了，孟光目送着他们，看着他们消瘦的面庞，心中暗暗发誓：从今以后，再也不会损失一粒药。

朝鲜战争爆发后，赴朝的铁路职工大多从事的都是与铁路抢修、运输有关的工作，但也有一些铁路职工，接受的是其他任务。孟光，就是一位从事医疗卫生工作的铁路职工。

孟光1929年出生于河北曲阳。抗日战争时期，他便是村里的儿童团团长，常常带着儿童团团员给八路军送情报。16岁那年，他正式参加革命，跟着部队从河北到山西，在后方医院抢救伤员。1947年，18岁的他被批准加入中国共产党。1948年解放

应县时，孟光在前线抢救伤员，身体受伤。为使他的身体能够得到休养，1950年夏季，部队安排孟光转业到铁路部门，被分配到集宁平地泉铁路卫生站，做了一名司药师。

到平地泉没多久，朝鲜战争爆发了，不久，孟光听说自己曾经所在的部队已开赴朝鲜，参加抗美援朝战争。接着两三

孟光在朝鲜

个月后，大同、集宁的铁路职工也相继奔赴朝鲜。21岁的孟光看在眼里，心中不由得焦急起来，因为他希望自己也能到朝鲜战场，抗美援朝，保家卫国。于是，他向单位递交申请，但当时，由于朝鲜铁路被破坏得较为严重，去往朝鲜的铁路职工大多都是从工务、车务和机务系统抽调出来的骨干，并不需要医务人员，所以孟光的申请迟迟没有得到批准。可是孟光并没因此而放弃心中的愿望，在后来的几个月里，他又多次向单位递交申请，表明自己的决心。

1951年6月的一天，孟光接到一个紧急通知：连夜到张家口集合。他知道，自己赴朝作战的申请被批准了。于是，他告别家人，火速赶往张家口，与张家口的十多名铁路职工会合后，又一起到天津铁路局集合，接着前往沈阳，与来自北京、天津、唐

1951年8月，孟光（右一）与战友在平壤西山

山、张家口的30多名铁路职工一起被编入中国人民志愿军八九七部队第四大队。

这一切，都是在短短的几天内完成的。脱下铁路制服，换上志愿军服装，孟光再次成为一名军人。

很快，孟光与大家到达丹东，一刻也不耽搁，乘坐火车过鸭绿江进入朝鲜。原以为会一直乘坐火车到达目的地平壤，而令孟光没想到的是，列车刚一驶入朝鲜新义州，敌人的飞机便盘旋而来，朝着他们乘坐的这列火车轰炸。

炸弹，落在本来就已经严重受损的列车上。孟光和大家在轰炸中迅速跳下火车，就地隐蔽到铁道两旁，待敌人的飞机飞走后，他和大家才继续赶路。只不过，他们的交通工具从此由火车变成了双脚。

朝鲜山高林密，河流遍布，由于孟光之前有过在部队行军和作战的经验，于是大家都跟着他，走山路、穿密林，一路跋山涉水向南而行。几天后，他们到达定州站。

定州站是一座大站，孟光想象着定州应该有开往平壤的火车，那样他们就可以搭乘火车，缩短路途上的行军时间。但到了定州站后，孟光看到的是敌人刚轰炸完的场景，钢轨扭成麻花、房屋东倒西塌、枕木烧成炭色、水塔遍体鳞伤，就连股道中间的土石也像是被巨型铁犁翻起过一样，高高地隆起在那里。而一些没有爆炸的定时炸弹，也正醒目地插在这些土石中。

空气中，一股烧焦了的气味扑鼻而来，让孟光从震惊中缓过神来。根本不需商量，孟光决定带着30多名同伴继续转入附近密林之中，马不停蹄地向前赶路。这一次，他们的脚步比之前更快了，更急了，如奔跑一般。

从定州到平壤，需经过清川江，孟光和大家到达清川江时，正值一个晚上，此时，清川江铁路大桥已被敌人炸断，拦住了他们前行的脚步。情急之下，孟光找到附近的朝鲜老乡，借到一艘小船，在朦胧的夜色中，分三次将大家运到清川江对岸。

在经过20多天的长途跋涉后，孟光和大家到达平壤，在这里，他们接受新的任务。孟光被分配到第四大队卫生院保健科，对于这个分配，孟光并不"满意"，因为他的愿望是上前线与敌人面对面作战。于是，他向首长表达了自己的意见。首长听了后，语重心长地告诉他，上前线打仗固然重要，但后方的运输、救治伤员也同样重要。

孟光听了，心中虽然并不赞同这个观点，但还是服从了命令。

第四大队卫生院负责着周边多个车站的伤病员救治，一天，卫生院派孟光去一趟间里站。间里站不大，由于三面环山，在此处修建有多个避车的山洞，许多驶向前线的列车白天都会在这里隐蔽，孟光的任务是为在此处避车的铁路职工送去药品。

孟光接受任务后，背上药箱，很轻松地上了路。几个小时后，孟光来到间里站，正当他朝其中的一座山洞方向走去时，空中飞来了敌人的飞机。顷刻间，几枚炸弹落在了那座山洞的洞口，接着又传来几声轰轰的巨响。在敌机的轰炸中，孟光急忙滚向一个旧弹坑，卧倒在坑中。

敌人的飞机走后，孟光起身检查，发现由于自己刚才忙于隐

1951年10月,孟光(左一)与战友在沙里院

蔽,不小心把药箱摔破了,几大包治疗胃病的药片撒落了一地。正当他懊恼之际,身边传来一阵急促的脚步声,他抬头一看,原来是一群和他一样的中国铁路职工,正拿着工具朝被炸的山洞方向奔跑。孟光再仔细一看,不由得大吃一惊,原来,刚才还好好的山洞,已被敌人的飞机炸毁,洞口也被乱石掩埋。于是,他收拾好药箱,跟着大家朝山洞跑去,并加入搬移石头、清理洞口的行列中。

一阵紧急的清理,洞口渐渐被打开一个豁口,孟光第一个钻进去,检查洞内是否有人受伤。在为两名火车司机进行简单包扎后,孟光问山洞中的其他乘务人员,身体哪里不舒服,需要什么药。其中一位司机长告诉他,由于敌人发动了绞杀战,他们的车

流沙

班长时间在铁道线上往前线抢运物资，一个多月都没回国领取粮食补给，乘务员们常常处于饥饿状态，因此都患上了不同程度的胃病，希望孟光能给大家发一些胃药，缓解大家的不适。

孟光看着眼前这些脸色发黄的火车司机，急忙打开药箱，但看到只有寥寥两包胃药，又想起刚才自己为了保命，摔破药箱，撒落胃药，愧疚极了。

由于胃药有限，孟光只得给每人发放几片。那天夜里，在间里站避车的乘务员们又要驾驶着机车向着前线出发了，孟光目送着他们，看着他们消瘦的面庞，心中暗暗发誓：从今以后，再也不会损失一粒药，并要把药品看得比自己的生命还重要。

在接下来的一个月，孟光都负责往间里站送药。一天下午，他正沿着铁路赶往间里站，敌人的飞机又飞了过来，孟光急忙把药箱抱在怀里，双脚如飞一样奔跑起来。这时，敌人向地面投下了炸弹，炸弹落在铁道两旁的稻田里，掀起的泥土铺天盖地飞起、落下，埋住了孟光。孟光在晕倒前，下意识地把药箱紧紧护在身下。不知过了多久，他渐渐苏醒过来，使劲扒开盖在自己身上的泥土，找到护在自己身下的药箱，看到药箱完好无损，才轻轻地舒了一口气，然后爬出稻田，忍着剧痛，打算沿着铁路继续赶往间里站。可是，他发现，远处的夕阳，是那么红，红得像烈士的鲜血一样。

正在这时，一阵刺痛从他的左眼传来，于是孟光顺手摸了一下。瞬间，殷红的鲜血，染遍了手指。他这才发现，敌人的轰炸，让自己的左眼受伤严重。

孟光一下子怔住了，此刻他想的最多的不是自己的左眼可能会失明，而是作为一名战士，左眼受伤，将意味着自己再也无法用手中的枪去瞄准敌人、消灭敌人。想到这里，他难过地怔在了那里。

一阵风吹来，稻田里传来沙沙沙的声音，像是催促着他快点赶路。心情沉重的孟光猛然想起自己身负的任务，于是放下思想包袱，匆匆朝间里站而去。

因为有了孟光的一次次送药，战斗在间里站的铁路职工和白天在此处避车的机车乘务员们才能及时领到所需的药品，身体也慢慢有所恢复，这让孟光也越来越感到自己工作的重要性。

1951年10月，孟光被提拔为卫生院保健科卫生干事。不久，沙里院卫生站因医务人员短缺，请求支援，卫生院决定派孟光前去支援。同时安排他为沙里院卫生站带去一箱急需的药品。

去往沙里院的途中，孟光行至大同江，正赶上敌人轰炸大同江大桥。孟光护着一箱子的药品，时而隐蔽，时而前行。子弹，从他的身旁飞过；碎石，从他的头顶落下。

两天后，孟光经大同江、黑桥、黄州，满身灰土地赶到沙里院卫生站。大家看到，一箱子药品在他怀中，竟然完好无损。

在沙里院卫生站，孟光遇到了来此处开会的好友任二喜。任二喜是天津人，也是一名医务人员，两个年轻人见面后，互相交流了自己来到朝鲜的情况，当任二喜得知孟光的左眼因受伤再也无法闭住时，安慰并鼓励他："为了祖国的安宁，我们失去一只眼睛是值得的。"

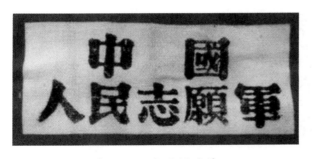

中国人民志愿军胸牌

几天后，任二喜来与孟光告别，孟光知道任二喜在距离前线很近的新幕卫生站工作，于是叮嘱他一定要注意安全，胜利后一起回国，向家人报喜。

然而，就在任二喜离开后的第二天，从新幕站传来一个令人悲痛的消息。原来，在任二喜返回新幕的途中，敌机发现了他，追着他，向他投下燃烧弹，任二喜不幸牺牲在大火中。

孟光听到这个消息后，十分痛心，想到昨天还在一起谈论胜利回国的好友，转眼便牺牲在敌人的炸弹下，就恨不得上战场上去打击敌人。

可是，孟光知道自己的任务，他只有在后方救治更多的铁路职工、更多的受伤人员，才能保证前方战场上志愿军所需要的武器弹药被及时运送上去，才能消灭更多的敌人。于是，他扑下身子，投入属于自己的"战斗"中。哪里有伤员，他就奔向哪里；哪里需要药品，他就出现在哪里。一次，他在送药的途中，遇到敌人轰炸，在轰炸中，他发现一名身受重伤的伤员奄奄一息，于是不顾一切地冲上去，对其进行急救。

1952年冬天，不顾劳累，连续救治伤员的孟光开始咳嗽、吐血。第四大队得知后，先是将他送到定州，治疗一段时间后，他的病情没有好转，且身体更加消瘦，于是第四大队安排他回国治疗。临走之时，孟光一再要求继续留下，救治伤员。部队首长答应他，待他养好身体，一定让他再回战场。

于是，孟光回到国内，在张家口进行治疗。1953 年 7 月，孟光身体逐渐康复，就在他准备返回朝鲜的时候，传来了抗美援朝胜利的消息。那一刻，孟光流下了热泪，他为那些一直战斗在朝鲜的志愿军战士、铁路职工感到骄傲，也为牺牲在敌人燃烧弹中的好友感到光荣。

第五台跨过鸭绿江的机车

受访人：韩来忠

中共党员，辽宁丹东人，退休干部，1931年出生，入朝时19岁。

如果说刚开始韩来忠去朝鲜只是出于一种对命令的服从，那么后来所目睹的一切，都让这位热血青年的内心升腾起一种保家卫国的使命感。在接下来的抢运任务中，他担负起在机车顶部观察敌机动静的任务。夜色中，他的轮廓，像一尊生动的雕塑；他的神情，像一名随时准备冲锋的战士，扛着枪、仰着头，目光炯炯，一动不动地盯着浩渺的夜空。他甚至想过，自己某一天也会像那三名亲密同事一样牺牲在敌人的枪口下、炸弹下，但此刻的韩来忠，内心已经渐渐变得强大，有着更崇高的理想、更崇高的使命。

严格意义上来说，韩来忠不算是中国人民志愿军战士中的一员，因为他没有像其他赴朝作战的铁路职工一样，被统一编入志愿军部队，更没有像其他战士一样，穿着志愿军服装进入朝鲜，因为，1950 年 6 月 25 日朝鲜战争爆发后，他和师父、同事第一时间便开着火车，跨过鸭绿江，奔赴朝鲜，帮助朝鲜人民运输物资。那时候，中国人民志愿军这支部队还未组建，换言之，韩来忠进入朝鲜时，身份仅仅是一名普通的中国火车副司机。

　　但韩来忠，又可以说是一名当之无愧的中国人民志愿军战士，虽然没有部队番号，也没有身着志愿军服装，但他和后来其他被编入志愿军部队、身着志愿军服装的铁路工人一样，勇敢地战斗在朝鲜。并把自己积累的经验，传授给了大家。

　　韩来忠 1931 年 7 月出生，1987 年从太原铁路局职工学校离休。离休前，他是一位受人尊敬的教师。而在此之前，他曾是一名火车司机。

　　韩来忠出生于辽宁的丹东，1947 年 6 月丹东解放时，他刚 16 岁，是一个初中毕业不久的青年。当时，解放丹东的部队，有一部分战士住在他家附近。由于这些战士大多都是年轻人，而且说

211

话也很和气，所以韩来忠和他们很快熟识，并打得火热。在交往中，一位姓李的班长告诉他："我们的部队，是为老百姓打天下的部队。"韩来忠听了，心中萌发了跟着这支部队去打天下的愿望，于是，他把自己的这个心愿告诉了那位姓李的班长。李班长看韩来忠有文化、有思想，便替他向部队报了名，并得到批准。三天后，韩来忠跟着部队开赴鞍山，准备解放鞍山。其间，部队首长看他脑瓜机灵，识文断字，便安排他到汽车连当了一名汽车司机，为前线送给养、拉伤员。1948年2月鞍山解放后，韩来忠又跟着部队攻打锦州，接着过长江一直打到广东、广西。1949年底，他又随着部队回到东北，不久复员分配到丹东铁路分局的丹东机务段工作。

丹东机务段，位于美丽而宁静的鸭绿江畔，江对岸，便是朝鲜民主主义人民共和国。

到丹东机务段报到的韩来忠没想到，几个月后，江对岸会战火四起，美丽的鸭绿江也会失去往昔的安宁，而自己，更是要随师父驾驶着火车，奔赴炮火连天的朝鲜。

此时的他，与许多年轻人一样，憧憬着尽快投入新中国的各项建设中。

到丹东机务段工作后，单位安排韩来忠从学习副司机干起。当时丹东机务段为了便于机车保养，实行包车制，也就是一台机车的乘务组由九名乘务人员组成，其中司机、副司机和学习司机各三名，九个人共同负责整台机车的日常运行和保养任务。韩来忠边工作、边学习，从一名部队汽车司机向一名火车司机转变。

1950年6月25日，朝鲜战争爆发，不久，战火便烧到了鸭绿江畔。

中朝两国，一衣带水，在丹东，就工作和生活着许多朝鲜人，丹东机务段，也有许多朝鲜司机。当战火烧到鸭绿江畔的丹东时，丹东机务段按照上级命令，从全段七八十台机车中，挑选出了五台性能和状况都相对比较稳定的机车，然后又挑选出了45名身体好、素养高、技术好的司机、副司机和学习副司机，准备入朝帮助朝鲜铁路运输物资。韩来忠，便是被挑选出来的45名人员之一。在这45名乘务人员中，韩来忠的年龄最小，资历最浅，并不符合入朝条件，但单位考虑到他曾经有过在部队运输物资的经历和经验，所以把他选入其中。

机车和人员组织好了之后，单位给了韩来忠他们三天时间，一是回去和家人告别，二是备足在朝鲜工作期间的食物和衣物。至于在朝鲜具体工作多长时间，当时谁也没能给出一个确切答案。

三天后，韩来忠他们每人背着一袋大米和一兜子咸菜，到单位集合，准备出发。

45名乘务人员中，有七八个是朝鲜人，当他们看到大家准备过江支援自己的祖国，这些朝鲜籍的职工，都被中国工友身上这种伟大的友谊感动。

第二天晚上，五台机车开始陆续过江进入朝鲜。为了防止被敌人发现，遭到袭击，五台机车按照规定，全都选择在夜间过江。韩来忠他们的机车和九名乘务人员在老司机谭振江的带领下，作为五台机车中的最后一台，在夜色中，驶过鸭绿江上的铁路大桥，进入朝鲜。这也是朝鲜战争爆发后，由我国奔赴朝鲜的第五台机车。

到朝鲜后，韩来忠他们九人接到命令，他们的这台机车主要负责黄海道一带的物资运输。黄海道离鸭绿江相对较远，位于朝鲜半岛的中西部。驾驶机车去往黄海道的路途中，韩来忠他们看到铁路两旁的稻田里和山谷中，到处都散布着被敌人炸毁的朝鲜机车，这让韩来忠他们不由得为自己所驾驶的机车也捏了一把汗。

由于敌人白天轰炸密集，韩来忠他们在朝鲜运送物资，从一开始便制定了白天休整、晚上运输的模式，这么做，是为了尽可能地避免火车在运行时被敌人发现。

即便是战争刚刚开始没多久，即便是运输物资几乎全都放在了夜间，仍然没躲过敌人的侦察。韩来忠他们在运输中，机车常常遭到敌人的袭击。主要原因是，机车锅炉内的火苗，透过驾驶室的门窗口，很容易被空中的敌机发现。怎么办？蒸汽机车要想运行，就离不开蒸汽的推动，而蒸汽，又必须依靠锅里的火来把水煮沸了才能产生，而且，火燃得越旺，蒸汽才能越大，火车才能跑得越快。还有，驾驶室的门窗口，那是专供乘务人员上下车和瞭望前方使用的，试想，如果没有了这门窗口，大家怎么上下车，怎么瞭望，火车还怎么安全往前跑呢？

但这些理由，都不能成为被敌人发现并被袭击的借口。针对这个问题，韩来忠他们五台机车上的全体乘务人员，集思广益、展开讨论。终于，大家想出了一个好办法，那就是用随处可见的草袋子，将机车驾驶室的门窗口全部遮挡起来，让敌人在空中看不到炉膛里冒出的火苗，从而无法发现运行中的机车。就这样，五台机车的门窗口很快全部用草袋子遮挡了起来，司机在瞭望时，也尽量只掀开草袋子的一角，这样既不影响观察前方，也不容易被敌人发现。

这个办法，果然奏效，运行中的列车，一次次躲过了敌人的侦察，驰骋在铁道线上，运送物资。

但不久，敌人就发现了这些中国机车上的"奥秘"，于是，狡猾的敌人把侦察的重点，放到了机车排出来的烟雾上。当时，朝鲜境内的铁路，大多修建在崇山峻岭之间，蒸汽机车排出的烟雾在大山中，很容易形成一条白色的烟雾带，且在山间不易散开，这就给敌人提供了一个有利的"线索"。敌人沿着这条白色的烟雾带，穷追不舍，不久便能找到列车的踪迹。在袭击中，敌机总是用机枪扫射蒸汽机车的锅炉和水箱，因为这两个部位的铁板相对薄一些，子弹较容易穿进去，而且一旦射中，就会导致机车漏水和漏气，直接影响到正常运行。

遭遇了敌人的几次袭击后，韩来忠他们又想出了一个比较"大胆"的办法，那就是在运输物资时，派一名乘务人员到机车的顶部，随时观察空中有无敌机追来，如果发现，立刻通知司机关灯、灭火、减缓速度或停止运行。尤其是如果观察到敌人是多架飞机时，更要通知大家马上跳车隐蔽。

那么，选谁到机车顶部去完成这一任务呢？因为机车顶部，完全处于暴露状态，且不说敌机来了目标最明显、危险性最大，仅日常的风风雨雨，就让常人难以承受。

面对这个从未有过的艰巨任务，年轻的韩来忠毫不犹豫，主动承担起来。从此之后，他便像一名"警卫"一样，在列车运输物资时，拿着一把三八式步枪，到机车的最高处，瞪大眼睛、提高警惕，敏锐地观察着夜空，就连远处闪烁的星光，他都要仔细辨别，确定不是敌人的飞机，才能放下心来。

但运输物资的路途中，夜空中不只有星星的亮光，更多的时候，是鬼鬼祟祟的敌机。每当韩来忠确定那远处的亮光是敌机在朝他们飞来时，便立即开枪向下面的司机和副司机传递信号。司机接到信号后，马上关灯、灭火，使烟雾中断或消失，让敌人在漆黑一片的大山中，找不到列车的行踪。这样的方法，虽然危险，但收得了很好的效果。一次，韩来忠他们正在加紧运输一列物资，敌人的飞机又盯上了他们，这次不是一架，而是多架，当车顶上的韩来忠发现敌人的机群正朝他们飞来时，立即连续鸣枪警示。司机听到枪响后，迅速采取非常制动措施，紧急刹车，然后组织所有乘务人员全部跳车，分散隐蔽。

敌人的飞机飞过来后，由于找不到机车的准确位置，便在空中向地面胡乱射击了一番才离开。

待敌人的飞机飞走后，韩来忠和师傅们又返回车上，继续前行。

但他们，不是每次都能这么幸运地躲过敌机的追踪，敌人的子弹，有时也会射进他们的胸膛。那是1950年的初冬时节，中国人民志愿军部队已陆续进入朝鲜，开始抗美援朝。伴随着志愿军部队的到来，韩来忠他们的机车处于更加繁忙的运输状态，有时是运输军事物资，有时是运输志愿军战士。一天，韩来忠所在的车班在连续工作十多个小时后，接到下车休息的通知，以往，韩来忠他们车班九个人，吃住全都是在车上解决的，走到哪里，就在哪里用饭盒煮点大米粥，凑合吃一口。至于睡觉，则统一在机车后面的宿营车上，这是因为当时朝鲜无法向他们提供地面休息的地方。另外一个原因，是九个人同在车上，无论机车要跑多远、多久，九个人都可以随时接班、换班，从而保证运输不间断。

这一次，大概是考虑到近期运输任务有些重，上级通知韩来忠他们，车上留一个班三个人，完成当晚的运输任务即可，其他两个班的六个人下到地面休息。

能下到地面上休息，对韩来忠他们来说，是一个十分难得的机会。可那天晚上，韩来忠却怎么也睡不着，他习惯性地朝夜空望去，只是这次，他不是在车顶上观察夜空，而是在久违的地面上抬头仰望。此时的夜空，繁星闪烁，新月如钩，十分迷人。他想，如果没有战争，那该多好啊。同时，他也惦记着自己的机车，惦记着当晚去运输物资的那三名同事，希望三名同事天亮前能安全归来。

深夜，韩来忠和师傅们刚刚和衣躺下，突然被一阵急促的敲门声叫了起来。原来，他们的机车在运输途中遭到了敌机的围追，车上三名同事全部遇难。

当韩来忠他们匆匆赶到出事地点，只见群山之中，月光之下，自己的那台机车，正孤零零地停在铁路线上，似乎在等待着自己的主人，等待着那三名乘务人员回来。但此刻，三名乘务人员，已倒在了血泊之中。

那一刻，韩来忠的内心仿佛被撕裂了一样。朝夕相处的三名同事，就这么突然地离去了，怎不令人痛惜！

司机、副司机和学习司机，被就地掩埋。韩来忠和师傅们，接过他们未完成的任务，驾驶机车，继续向前。

1951年4月下旬，韩来忠他们那台满身都是弹痕的机车，按照规定准备开回国内进行修理。临回国时，他们接到一项任务，那就是将一批受伤的志愿军战士安全送回国内救治。在帮助伤员们上车时，韩来忠和师傅们与医务人员一起抬担架、扶伤员。许多受伤的志愿军战士，棉衣都被鲜血染红了，还有的志愿军战士，双腿都被炸断了。但他们躺在担架上，紧咬牙关，始终不发出一声呻吟。想到不久前，自己刚把这些志愿军战士送到前线战场，那时候，这些战士还是那么生龙活虎、那么矫健敏捷，而如今，却身受重伤、流血不止，这极大的反差，让韩来忠的内心受到深深的震撼。

由于拉的是伤员，回国途中，所有的列车都为他们这趟卫生专列让路，韩来忠他们以最快的速度拉着伤员驶向祖国。列车从朝鲜黄海道出发，经平安道，越来越接近自己的祖国了，已经能看到鸭绿江对岸的家园了，韩来忠心中五味杂陈、悲喜交加。一是因为当初去朝鲜的时候，车班一共九个人，而现在，只回来他们六人，其他三名同事，长久地躺在了异国他乡；二是因为自己的车后面，拉着一整车受伤的志愿军战士，他们中，有的可能再也站不起来了，有的可能再也睁不开双眼，看不到战争胜利的那一天了。韩来忠想着想着，禁不住热泪盈眶。

临近国门的时候，韩来忠看到从祖国的方向，有新的机车准备开向朝鲜，他知道，那是祖国派来和他们并肩作战的机车。看着这些陆续进入朝鲜的机车，他的心中，一阵激动。

车过鸭绿江，韩来忠看着江中那层层的碧波，感到熟悉而亲切，只是，江上的铁路大桥，却变了模样。原来，就在五个月前的1950年11月8日，连接中朝两国的这座大桥，遭到了敌人百余架飞机的轰炸，大桥，被拦腰炸断。

从临时修建起来的便桥上经过，韩来忠他们回到了丹东，回到了祖国，但当他们驾驶着火车，准备回到自己的单位——丹东机务段时，却发现丹东机务段已经被敌人的飞机炸得不成样子，全段所有人员带着设备，已相继撤退到了100公里外的本溪机务段。于是，他们根据调度指挥，将机车开往本溪机务段，到那里对机车进行修理。

在本溪机务段修理机车时，韩来忠他们被批准回去探望一下家人，当韩来忠急切地回到丹东自己的家门口，想象着与父母相见的情景时，却发现家门已经紧闭。原来，由于战火从朝鲜烧到了丹东，烧到了自己的家门口，父母没有等到他回来，便带着一家人匆匆离开丹东，投奔乡下的亲戚了。

想到父母离开时，一定很惦记自己在朝鲜的安全，韩来忠此刻特别想赶到乡下去和父母见一面，但由于时间有限，他必须尽快返回本溪，和师傅们驾驶着火车重新进入朝鲜，所以，他来不及去见父母一面，便回到本溪，回到自己的机车上。他知道，此时的朝鲜战场，正等待着他们的机车抢运物资。

如果说朝鲜战争刚爆发时，韩来忠去朝鲜只是出于一种对命令的服从，那么此次回国修理机车，目睹昔日的鸭绿江大桥和自己的单位被炸，以及不再安宁的家园，还有那些受伤的志愿军战士，这位热血青年的内心，不由得升腾起了一种保家卫国的使命感。

返回朝鲜后，韩来忠他们与来自国内其他铁路局的机车乘务员们驾驶着各自的机车，一起投入为志愿军抢运物资的行列中。在这些机车中，有一台来自上海铁路局的机车，这台机车和九名乘务人员休息的宿营车，在来朝鲜前，做了极为严密的防空措施，是当时所有入朝机车中最为安全的一台。由于大家都是来自国内，韩来忠很快便与这台机车上的九名乘务人员成为好朋友，每当夜间出去运送物资时，大家都要互相叮嘱彼此：多加小心，防止敌人袭击，共同保证前方战场的军事运输。但有一天，韩来忠却听到了一个不幸的消息，上海铁路局那台防空等级较高的机车，在执行运输任务中，遭到了敌机重型炸弹的轮番轰炸，九名乘务人员中，有八人当场遇难，仅剩一人生还。

这是一个残忍的消息，韩来忠和大家听了，都感到十分沉痛。但炮火纷飞的朝鲜战场，来不及让他们去送别一下牺牲的人们，更不允许他们一直沉浸在失去亲密战友的伤痛中。他们，投入了更加激烈的战斗中。

在接下来的抢运任务中，韩来忠依旧负责在机车顶部观察敌机的动静，虽然已是冬日，冷风刺骨，韩来忠却无惧于这严寒的天气，比以往更加警惕，更加仔细。夜色中，他的轮廓，像一尊生动的雕塑；他的神情，像一名随时准备冲锋的战士，扛着枪、仰着头，目光炯炯，一动不动地盯着浩渺的夜空。有时遇到刮风下雪，师父担心他的身体受不了，让他回到驾驶室暖和暖和，但韩来忠却拒绝了师父的好意，因为他放心不下自己的机车、自己的同事，以及车上拉着的军事物资。他想，如果自己回到驾驶室里，敌人的飞机来了，没有及时发现，那么后果将不堪设想。所以，他自始至终也没有离开车顶，任凭风霜雨雪裹挟着自己、拍打着自己。他甚至想过，自己某一天也会牺牲在敌人的枪口下、炸弹下，牺牲在自己的机车上、岗位上，但此刻的韩来忠，内心已经渐渐变得强大，他有着更崇高的理想、更崇高的使命，他忘记了危险，忘记了炮火，忘记了一切，一次次地保证着运输任务的完成。

1951 年 10 月，随着国内越来越多的铁路工人加入抗美援朝的行列，更多车况好的机车和条件好的机车乘务员奔赴朝鲜战场。这时，韩来忠他们接到命令，连人带车从朝鲜战场上撤下来，回国休整。

于是，韩来忠与从祖国四面八方赶来接替他们的机车乘务员们告别，并把在朝鲜的作战经验告诉大家，返回国内。此时，由于战争仍在持续，丹东机务段还没恢复，韩来忠他们回到本溪机务段报到。1953 年底，根据工作需要，韩来忠调往沈阳机务段。

流沙

三年后的 1956 年，山西境内的同蒲铁路由窄轨拨宽为标准轨，煤炭运输日益紧张，国家号召东北地区的火车司机支援山西建设，并分别从沈阳、大连、苏家屯和瓦房店四个机务段抽调八台机车及 72 名司机、副司机，前往山西。这一次，上级又选择了韩来忠，此时，已成长为一名火车司机的韩来忠，依旧服从命令，千里迢迢来到山西，成为一名山西铁路工人，加入山西的经济建设中。

如今，在韩来忠家的墙上，挂着两枚纪念章，一枚是 2019 年在新中国成立 70 周年到来之际，中共中央、国务院、中央军委颁发给他的"庆祝中华人民共和国成立 70 周年"纪念章；一枚是 2020 年在中国人民志愿军抗美援朝出国作战 70 周年到来之际，中共中央、国务院、中央军委颁发给他的"中国人民志愿军抗美援朝出国作战 70 周年"纪念章。两枚纪念章，让年已九旬的韩来忠老人常常回忆起过去，尤其是那枚"中国人民志愿军抗美援朝出国作战 70 周年"纪念章，让从没有被编入志愿军部队、从没穿过志愿军服装的韩来忠，终于有了一个身份。

老人说，如果自己依旧年轻，如果祖国再次需要，即便没有身份，我一样会站出来。

朝鲜战士的勋章

受访人：王书玉

女，中共党员，黑龙江哈尔滨人，退休干部，1933年出生，入朝时18岁。

王书玉从树丛中跑出来，快步来到朝鲜战士的身旁，替他包扎、处理伤口，并把自己水壶中仅有的一点点水，也喂给了这名朝鲜战士。朝鲜战士看着眼前这位美丽又善良的中国女卫生员，感动的眼泪一次次涌了出来。包扎完毕后，朝鲜战士一连向王书玉说道："季文棍（志愿军）、季文棍，叩玛思密达（谢谢）、叩玛思密达。"并一再向王书玉弯腰感谢，接着又从怀里掏出一样东西，放到王书玉的手中。王书玉低头一看，是一枚由朝鲜人民政府颁发给这名战士的参战纪念勋章，于是急忙双手交还给对方，但这名朝鲜战士说什么也不肯收回，要她一定收下。

1951 年 1 月的一个深夜，飞雪从哈尔滨的上空飘落下来，给整个城市和街道都披上了银装。在这寂静的夜色中，一户人家的门"吱呀"一声被轻轻打开。随着这声门响，从屋里面蹑手蹑脚走出来一名年轻女子。只见这名女子梳着两条辫子，背着一个背包，在扑簌簌的雪花中，闭上家门，匆匆朝另一个方向走去。

　　这一情景，在多年后，常常被家住太原市并州西街六号院的一位老人忆起。因为 70 多年前那个从雪夜中出走的女孩，就是她。

　　她的名字，叫王书玉。

　　他要去的地方，是朝鲜战场。

　　王书玉老人退休前，是太原铁路第一中学的一位老师。出生于 1933 年的她，在大多数人的眼中，是一位桃李遍天下的好老师、好长者，却很少有人知道，这位慈祥又温和的老人，还曾有过一段救死扶伤的卫生员经历，而且，是在朝鲜战场上。

　　王书玉出生于哈尔滨的一个铁路工人家庭，从小，她便饱尝亡国奴的滋味，至今腿上还有两处被日本人的狼狗撕咬后留下的疤痕。10 岁那年，王书玉的母亲患上疾病，因无钱医治，不久便撒手人寰。

新中国成立后，王书玉过上了前所未有的好生活。1950 年 1 月，她考入哈尔滨铁路卫生部门工作。6 月，朝鲜战争爆发。10 月，全国各地掀起了抗美援朝、保家卫国的热潮。17 岁的王书玉在极大的爱国主义情结中，以及在对新生活的无比珍惜中，要求到抗美援朝的前线去。因为她知道，不帮助朝鲜人民赶走侵略者，中国人民刚刚开始的新生活就会受到影响。

父亲听说后，阻止了她的草率行为，并对她说："要去也是男孩子去，敌人那么厉害，飞机大炮满天飞，你一个女孩子，去了朝鲜还不是白白送死。"

王书玉没有与父亲争辩，她知道父亲这是爱女心切，担心她的生命安危。但去朝鲜参加战斗的愿望，王书玉一刻也没有放弃。1950 年底，她瞒着父亲，再一次向单位提出申请。此时，朝鲜战场上，受伤的志愿军战士越来越多，急需一批卫生员前去运送和救治，在这样的情况下，单位批准了王书玉的申请。

于是，有了文章开头的那一幕：在那个雪夜中，王书玉背着一袋炒面，悄悄出了门，在纷纷扬扬的大雪中，深一脚、浅一脚地赶到集合地点，和大家一起出发。

从哈尔滨到了丹东后，王书玉被分配到八〇〇九部队，当晚，她便和大家乘坐火车过鸭绿江进入朝鲜。在列车上，王书玉看到所有的窗户，都用厚厚的窗帘遮挡着，没有漏出一点点亮光，便立刻明白，这是为了防止被敌人发现而采取的一种安全防范措施，于是也不由得提高了警惕。

刚到达朝鲜的时候，王书玉和其他卫生员负责从朝鲜的新义州将伤员运送回国内的丹东进行救治，但随着战争越打越激烈，战线也越拉越长，王书玉她们运送伤员的范围，也渐渐从新义州向朝鲜的其他地方延伸。

炮火连天的战场上，王书玉常常在山洞里、在战壕内救治伤员。有时是直接为伤员包扎，有时是单独把伤员背下战场，有时

抗美援朝期间王书玉回国送伤员留念

是和其他卫生员用担架从战火中将重伤员抬下来。在这样的救治中，王书玉的内心常常会受到巨大的冲击。

一次，一名志愿军战士腿部的伤口化了浓，长了蛆。王书玉第一次遇到这样的情况，她屏住呼吸，用镊子一点一点地将那名战士腿上的脓液清理干净，但一天后，这位战士的伤口处又冒出了脓液。王书玉知道，这是伤口清理不彻底的原因，于是，她俯下身子，用自己的嘴，一口一口将伤口中的脓液吸了出来。

伤口处理完毕后，王书玉要求那名战士休息几日，待伤口恢复得差不多后，再回阵地，但那名战士在病床上只躺了一天，便急匆匆地奔赴战场。他临走时，对王书玉一再表示感谢，并告诉王书玉："前方的战场需要人，我不能因为一点轻伤就下火线。"

轻伤不下火线。王书玉牢牢记住了这位战士的话。

1951年的冬天，王书玉在抢救伤员的过程中，两只手被冻伤，全是冻疮。按照部队规定，她可以申请回国治疗，但王书玉想起了那位轻伤不下火线的战士，想起更多战士的冻伤比她还要严重十倍，甚至百倍，想起更多的伤员还在战场上等着他们救治，于是放弃回国治疗，而是给双手涂上厚厚的冻伤膏，继续留在朝鲜，留在离战场最近的地方。

在朝鲜，几乎每一天，王书玉都会与死神擦肩而过。一次，她正在为一名伤员包扎伤口，敌人的飞机又来轰炸，眼看着炸弹就要在他们身边爆炸了，这名伤员推开王书玉，催促她赶紧离开，不要管自己。王书玉却决定要用自己的身体保护这名伤员，于是在炸弹爆炸的那一刻，她一下子扑到了这名伤员的身上。也就在同一时间，炸弹在他们身边爆炸了，掀起的黄土和碎石将他们一层层埋住，幸运的是，炸弹没有炸到王书玉和那名伤员，他们只是受了一点点皮外伤。

在战场上，虽然王书玉每天都会遇到各种各样的危险，但她始终把抢救伤员放在第一位。

一次，一场战斗刚刚结束，王书玉在还未散去的硝烟中寻找伤员、抢救伤员。这时，她看到一名怀抱着枪支的小战士，被敌人的炮火炸得浑身都是伤口，鲜血直流，于是跑上前，准备把这名小战士转移到战壕内进行抢救。谁知，就在她用手轻轻去搀扶这名小战士时，却发现小战士已经牺牲了。而他牺牲前，怀里还紧紧抱着枪支，还保持着向前冲锋的姿势。王书玉想，这位小战士在牺牲前，一定是想用这支枪，消灭更多的敌人。

　　这位小战士，年龄与王书玉差不多，十七八岁的模样，长着一张白净的脸。王书玉看着这位小战士，想到他这么年轻就献出了生命，禁不住流下了两行热泪。

　　王书玉将这名小战士挪到一处相对安全的地方，为他擦净了脸庞，整理了军装。然后对着这位已经牺牲的小战士默默地说道："你的鲜血不会白流，我们必将打败敌人！"

　　炮火连天的日子里，看着身旁的伤员和牺牲的战士一天天在增加，王书玉对和平的渴望也越来越强烈，她常常拿出祖国赴朝慰问团送给她们的和平纪念章，抚摸着纪念章上的和平鸽，一遍遍地期望着和平早一天到来。

铁路赴朝慰问团演出合影

王书玉珍藏的和平鸽纪念章

　　但战斗，是惨烈的。随着战争的持续，危重伤员越来越多。许多腹部中弹的伤员，大小便无法正常完成，拉不出来，也尿不出来。有的伤员刚开始还能强咬着牙，忍住剧痛，但到最后，几乎痛不欲生。王书玉看到这种情况，不嫌脏，不嫌累，挽起袖子用手帮伤员们把大便抠出来，用导尿管把尿导出来。许多伤员被王书玉的行为感动得不知说什么好，但王书玉告诉他们："你们为了打败敌人，把侵略者赶出朝鲜，保卫我们的祖国，把性命都快搭上了，我做这点根本算不上什么。"

1953 年春天，王书玉利用每天不多的休息时间，认真写了入党申请书。在朝鲜两年多的日子里，王书玉越来越坚定自己的信仰，入党，成为她心中最大的愿望。

在朝鲜战场上，王书玉不仅时时刻刻把受伤的志愿军战士当作亲人一样来照顾，而且在危急时刻，向朝鲜战士伸出援助之手。

1953 年初夏的一天，王书玉刚从一个战场上撤下来，在返回驻地的途中，路过一片树林。朝鲜的山多，树林也多，像这样的树林，王书玉已经非常熟悉了，像往常一样，进入树林，朝前走着。这时，她忽然听到一阵断断续续的呻吟声。

"树林中有伤员！"王书玉想到这里，不由得朝那发出呻吟之声的地方走去，但猛地她又停下了脚步。因为此刻，她不知道，树林中的这位伤员是敌人，还是我们的志愿军战士。于是，她放慢脚步，轻轻朝前走去。

离呻吟之声越来越近了，王书玉的心跳也在加快，扑通、扑通的心跳声，连自己都能听得到。在这紧张的心跳声中，她拨开树丛，朝前望去，只见一名年轻的战士，正一手抱着枪，一手捂着自己的右腿，靠在一棵大树下痛苦地呻吟着，而他的右腿，正在汩汩地流着鲜血，把周围的绿草都染红了。

王书玉瞪大眼睛，看着那名战士，从服装上判别出，这位受伤的战士，是一名朝鲜人民军军人。想到这名朝鲜战士如果不及时进行救治，生命将会出现危险，王书玉一下子从树丛中跑了出来，快步来到朝鲜战士的身旁。在这位朝鲜战士惊讶的目光中，王玉书替他包扎，处理伤口，并把自己水壶中仅有的一点点水，也喂给了这名朝鲜战士。

朝鲜战士送给王书玉的纪念勋章

朝鲜战士看着眼前这位美丽又善良的中国女卫生员，感动的眼泪一次次涌了出来。包扎完毕后，朝鲜战士扶着一旁的树木，站了起来，嘴里一连说着："季文棍（志愿军）、季文棍，叩玛思密达（谢谢）、叩玛思密达。"并一再向王书玉弯腰感谢，接着又从怀里掏出一样东西，放到王书玉的手中。王书玉，低头一看，是一枚朝鲜人民政府颁发给这名战士的参战纪念勋章。虽然语言不通，但王书玉通过对方的表情、眼神和手势，还是明白了这位朝鲜战士是要将自己在战场上荣获的纪念勋章送给她。王书玉想，这枚纪念勋章对这位朝鲜战士有着十分重要的意义，自己不能要。于是急忙双手交还给对方，但这名朝鲜战士说什么也不肯收回，要她一定收下，以感谢王书玉的救命之恩，感谢中国卫生员的救命之恩。

在王书玉的目送下，这位朝鲜战士一瘸一拐地朝树林外走去，王书玉知道，他是去追赶自己的部队，去迎接新的战斗了。

不久，朝鲜战争结束，王书玉接到了回国的通知。临回国之际，中央人民政府铁道部、中国铁路工会全国委员会派人来到朝

朝鲜战争结束后回到国内的王书玉

鲜，来到王书玉所在的部队，给她们这些女卫生员每人发了一条洁白的真丝方巾，那是对她们在朝鲜英勇表现的最高肯定。

王书玉捧着方巾，看着方巾下角印着的红色字体，似乎又看到了战场上浴血奋战的志愿军战士们。

王书玉回国后，被留在河北新城的抗美援朝医院，1955年，她参加了高考，被山西师范大学录取，毕业后，被分到太原铁路部门。

参加工作后，王书玉先回哈尔滨老家看望自己的父亲，又将那条洁白的丝巾和那枚朝鲜战士送给她的纪念勋章，带回了山西的家中，放入了柜子里，平时很少拿出来。1990年，王书玉从学校退休，子女们也渐渐长大成人，她觉得，有必要让孩子们了解那段历史，铭记那段历史，于是在每年抗美援朝胜利纪念日到来的时候，她都会拿出那块丝巾和纪念勋章，向子女们讲述那段不容忘却的历史和那枚纪念勋章背后中朝人民之间友谊的故事。

如今，70多年过去了，那条洁白的丝巾和那枚朝鲜战士送给王书玉的纪念勋章，依旧如故，在荏苒的时光中，静静地诉说着往事。

两次入朝

受访人：刘宴芳

女，中共党员，吉林长春人，退休干部，1934年出生，入朝时17岁。

刘宴芳在朝鲜生病后，被送回国内治疗。1953年1月7日，刘宴芳再次请求回到朝鲜战场，但由于她当时身体并未痊愈，脸色蜡黄，申请没有得到批准。在这种情况下，刘宴芳想到了一个"蒙混过关"的办法。当时，沈阳的天气，气温在−30℃以下，刘宴芳在严寒中将自己的棉帽摘下，然后站在露天地里，直到把两个脸颊冻得红扑扑的，看起来像个健壮的姑娘，才又走进志愿军铁路系统司令部，表明决心。首长看到她那"红润"的脸色，终于被她的意志打动，批准了她的请求，于是，刘宴芳再次返回炮火连天的朝鲜战场。

太原铁路局的刘宴芳，退休前是铁路党校的一名教师，在她的家中，珍藏着一张少见的立功喜报。发黄的纸张、斑驳的字迹，像一位时光老人，向人们讲述着一段往事。

1934年出生的刘宴芳，老家在东北松花江畔，从小，父亲给她讲的最多的故事，就是花木兰从军的故事。1950年朝鲜战争爆发后，16岁的刘宴芳积极向组织递交申请，要求参加抗美援朝

立功喜报（正面）

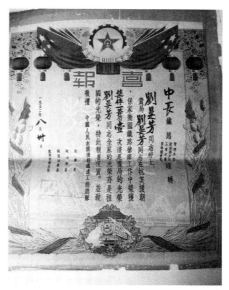

立功喜报（背面）

战争，保家卫国。当时，她是长春电务段的一名电话班长，思想进步，业务熟练，因此，申请很快得到了批准。

1951年4月1日，刘宴芳和全国各地的铁路职工一起到沈阳集合，编入中国人民志愿军八九七部队，然后从沈阳到达丹东，准备连夜渡过鸭绿江。当时，连接中朝两国的鸭绿江大桥，已经被炸断，他们只能通过便桥进入朝鲜。

刚一进入朝鲜，刘宴芳他们的行踪便被敌人发现了，敌机很快飞来，从空中对他们进行扫射和轰炸，炮火把天空都照亮了。在带队领导的指挥下，刘宴芳他们停止前进，就地隐蔽，待敌机飞走之后，才接着快速前行。

天亮后，他们过了新义州，在一个朝鲜老乡家短暂休息。作为队伍中年龄最小的战士，刘宴芳一挨炕头，便睡着了。接下来的几天里，刘宴芳跟着队伍，或乘车，或步行，一路躲避敌人的袭击，安全到达安州军事管理局，被分配到渔波站电话所，任电话班班长。

渔波站位于新安州和平壤之间，是中国人民志愿军后方运输的咽喉地段，为了切断我志愿军的军事运输和补给，敌人昼夜不停对这里进行轰炸。当时，渔波站电话所设在车站附近的一个茅草屋里，屋后不远处有一个防空洞，每当敌机的轰鸣声传来，刘宴芳作为班长，便会指挥其他三名电话员到防空洞内隐蔽，自己则雷打不动地守在电话机前，冒着生命危险迅速、准确接转电话。这样危险的情况，在渔波站，每天都会出现十多次。

敌人每天都会对渔波站持续轰炸，致使许多运送物资的专列在这里被炸，祖国人民支援朝鲜战场的物资也被炸得到处都是，所以，抢修铁路、保护和转移物资成了渔波站每个人的自觉、自愿行为。刘宴芳也不例外，她常常在休息时，利用敌机轰炸间隙，抢救被炸飞的物资，并钻进车厢里，拼命把被炸的物资搬运到安全地方。这些物资有香肠、罐头、鸡蛋粉、炒黄豆、面粉和军用被服等。有时候，敌机就在刘宴芳的头上盘旋，甚至擦着她的头皮飞过，但一想到这些被炸毁的物资是全国人民支援给战场的，是祖国人民省吃俭用给志愿军、给最可爱的人提供的给养，她就觉得，哪怕是牺牲自己的生命，也应该把这些东西保护好。因此，刘宴芳多次冒着敌人的炮火，将炸得满地的物资抱在怀里抢救出来。

在渔波站工作了一个多月后，5月21日，刘宴芳被调往志愿军铁道兵三〇五部队九〇五大队，也就是工程总队第二大队，继续担任电话班班长。当时，被调往第二大队的还有一名叫范桂香的电话员，由于这次没有老兵来为她们领路，只能靠她们自己前往总队报到。为了避免被特务发现，刘宴芳晚上带着范桂香，出了茅草屋，摸黑朝车站走去。从电话所到渔波站，距离并没有多远，但由于此时车站到处都是被敌人炸出的弹坑，再加上她们到朝鲜后，缺少蔬菜、盐巴，或多或少患上了夜盲症，所以走在前面带路的刘宴芳，几次摔倒跌入弹坑中。

当晚9点多，刘宴芳带着范桂香从渔波站上了一趟军列，钻入其中一节装着煤炭的敞车内，奔赴新的战场。途中，她们看到特务的信号弹不断从地面发射、空中的敌机也在不断寻找目标、

刘宴芳（前排左一）和战友在朝鲜

伺机围追堵截、轰炸火车，于是，两人紧张得不敢说话、不敢合眼，把整个身体都埋入煤堆中。

工程总队驻扎在孟中里车站，经历了一个晚上的生死考验后，刘宴芳和范桂香终于在第二天的清晨，满身乌黑地抵达孟中里站。

到总队报到后，刘宴芳很快赶往第二大队。第二大队设在孟中里车站附近，电话所位于两山中间，是用木板临时搭建起来的一个小木屋，有七八平方米。工作台是一台手摇磁石电话交换机，由于条件有限，刘宴芳和三名电话员吃、住、工作、防空都在这里，与材料工具挤在这间七八平方米的木屋内。

木屋不远处，就是清川江，再往前，便是朝鲜铁路第一特大桥——清川江大桥，也是我志愿军后方补给运输线上的一座"生命桥"。在这座大桥上，曾无数次上演过敌机疯狂轰炸，我志愿军浴血奋战、誓死抢修大桥的壮烈情景。就像他们每天唱的歌词一样："你能炸，我能修，钢铁的汉子钢铁手，不管你敌机多疯狂，我们积极主动英勇顽强，同志们，干哪，加紧抢修，铺起线路，架起桥梁，前方胜利有保障。"

由于敌机每天都来轰炸好几次，刘宴芳和其他电话员每天也处于高度危险之中，但无论木屋外面的敌机如何轰炸，刘宴芳都会以班长之职，守在电话机前，排除一切干扰，拿着塞子线在塞子孔插上、拔下，保证上级首长与抢修部队、工程与运输、前方与后方、内线与外线、国内与国外电话的畅通，将抢运、抢修、防空的信息及时传递，尽可能地保证铁道运输畅通无阻，将物资及时送往前方战场。

在这个过程中，刘宴芳和大家也经历过流血牺牲的考验。一天，敌机对孟中里车站进行轰炸后，刘宴芳发现电话线被炸断了，与前方无法通话，于是急忙拿起工具，准备到外面检查线路。这时，一位姓黄的通信工拦住了她，并接过她手中的工具箱，嘱咐刘宴芳好好守住电话机，然后转身出门排查线路去了。不久，线路接通了，前后方的联系恢复了，而那位姓黄的通信工却再也没有回来。就在他接通电话线，准备返回电话所时，遭到了敌机的围追，牺牲在敌人的枪口下。

刘宴芳得知消息后，眼泪唰唰地流了下来，她告诉电话所的姐妹们："黄同志的鲜血，不能白流，咱们要在岗位上，为前方提供更畅通的联系，争取早日打败敌人。"

1952年5月7日，由于身患疟疾和夜盲症等疾病，组织安排刘宴芳回国到丹东陆军医院治疗。治疗期间，作为赴朝作战电话员群体中的优秀一员，刘宴芳被工程总队接回朝鲜，参加在朝鲜举办的首届庆功大会。面对胸前的大红花，刘宴芳想起依旧战斗在朝鲜的战友们，迫切想返回孟中里，但总队考虑到她的身体情况，决定安排她到驻沈阳联络所工作。夏去秋来，转眼便到了冬天，从朝鲜战场上传来的一个个牺牲消息，让刘宴芳心中时刻惦记着在朝鲜一起工作的战友，尤其是一想起那些牺牲在敌人枪口下、炸弹下的战友，她的心里很不是滋味。

1953年1月7日，刘宴芳再次请求回到朝鲜战场，但由于她当时身体并未痊愈，脸色蜡黄，她的申请依旧没有得到批准。在这种情况下，刘宴芳想到了一个"蒙混过关"的办法。当时，沈阳的天气，天寒地冻，气温在−30℃以下，刘宴芳在严寒中，将自己的棉帽摘下，然后站在露天地里，直到把两个脸颊冻得红扑扑的，看起来像个健壮的姑娘，这才又走进志愿军铁路系统司令部，表明决心。

领导看到她那"红润"的脸色，终于被她的执着打动，批准了她的请求，给她开具了介绍信。想到马上就可以和昔日的战友重逢，一同继续作战，刘宴芳心中就激动万分。但当她拿到介绍信，准备出发时，才发现领导并未安排她过鸭绿江到朝鲜，而是让她在与朝鲜一江之隔的丹东通信车上工作。

刘宴芳拿着介绍信，心想："抗美援朝还没胜利，我怎么能安心待在国内呢？"于是，她急匆匆赶到丹东，找到工程总队联络站，要求重新分配工作。联络站的一位负责人答应了刘宴芳的请求，决定第二天带刘宴芳过江回到朝鲜战场。但刘宴芳此刻一分钟都等不及了，迫切想早一天回到战场上、回到电话机旁。当晚，工程总队医院恰好要给在朝鲜的伤员和病号送一车年货，计划天黑后运往朝鲜。刘宴芳得知后，背上卡宾枪，揣着四颗手榴弹，爬上了那辆运送年货的嘎斯车，坐在货物的最高处。

出发后，刘宴芳发现与自己坐在一起的，是工程总队医院一名姓柴的卫生员。无论汽车如何颠簸，只见那名卫生员小柴都把一个药箱紧紧地抱在怀里，仿佛看得比自己的生命还珍贵。刘宴芳问他为什么把这个药箱抱得如此紧。小柴告诉她，这箱子里的药品，都是专门治疗破伤风和镇痛用的进口针剂和潘尼西林，有了这些

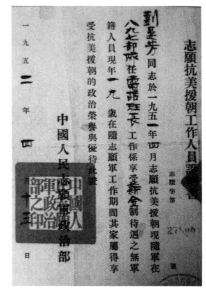

刘宴芳抗美援朝工作证明

药，前方战场上许多伤员的生命就能得到挽救。

汽车一路前行，刘宴芳发现他们当晚入朝走的是从东林至宣川的路线，也就是敌人所谓的"锁来路，堵去路"中的"来路"，是一个重要轰炸区段，于是担心地朝小柴怀里的那个药箱看去，心想，如果真的遇到危险，那自己也一定要和小柴一起保护好这箱药品。

在车顶上，刘宴芳和小柴聊到了各自的家乡、各自的亲人，也聊到了朝鲜战场上无处不在的危险和那些牺牲的战友，他们还互相告诉对方，自己都写了决心书、入党申请书和安排后事的遗书。

汽车很快就要驶入宣川付洞火车站，车上所有年货也将在这里转移到一辆开往前线的志愿军专列上。就在此时，他们的行踪被特务发现了。特务们发出的信号弹，把敌人的B-26、B-29飞

机吸引了过来，这些飞机在空中盘旋着投下照明弹，每一颗照明弹都比100瓦的电灯泡还要亮，晃得刘宴芳睁不开眼睛。眼看危险就要来临，小柴催促刘宴芳赶紧跳车，可刘宴芳坚持要和小柴一起保护药品，说什么也不下车。就在此时，敌人的飞机向地面投下了炸弹，连续的轰炸将刘宴芳他们乘坐的汽车瞬间炸翻。

刘宴芳在半清醒半昏迷的状态中，从车底下爬了出来，渐渐看清眼前的情形后，来不及检查自己身上的伤口，忍着剧痛开始寻找小柴，却发现小柴已经牺牲在公路边。而小柴牺牲时，双手还紧紧抱着那一箱子药品，看到这些，刘宴芳禁不住泪流满面。

汽车被炸毁后，敌机并未远走，而是又回来继续轰炸，停靠在火车站内的志愿军专列也被炸得四分五裂。在这一次的轰炸中，刘宴芳再次被炸得昏迷过去，等她醒来时，发现自己已浑身是血，头部几乎没有任何知觉，眼睛什么都看不见。

不知过了多久，驻扎在附近的第四野战军医院医护人员赶到了现场，他们用担架将刘宴芳抬到附近的老乡家。医生检查了一下她的眼睛、鼻子、嘴巴和耳朵，看到都在出血，知道她伤得不轻，急忙给她包扎、打针，并进行手术。其间，在对她的眼睛和额头上的伤口进行缝合时，处于半昏迷半清醒状态的刘宴芳隐隐约约听到旁边有人在说：这还是个小姑娘，好好给缝缝吧。她这才知道自己还活着。

手术后的第一天，刘宴芳的头和脸肿得像皮球一样大，再加上肋骨断开，她只能一动不动地平躺着，不能有丝毫翻身，嘴里渗出的鲜血只能艰难地吞入肚子中。第二天，疼痛加剧，刘宴芳感到脑袋都要裂开了，身体也像是被千万根钢针扎穿了一样，她觉得自己可能活不成了，和前方的战友也可能见不上了，她为自己就这么毫无价值的"掉队"而感到痛心，为自己不能再回到电话机旁感到遗憾。她是如此渴望回到孟中里，继续战斗。

也许，是内心的渴望，给了她活下去的动力。在医院治疗一个多月后，刘宴芳竟神奇般地活了下来。2月21日，在刘宴芳的一再要求下，她离开医院，回到了工程总队。4月份的一天深夜，正在工作的她，突然发现外面着起了大火，而且火势已经蔓延到附近朝鲜老乡家。想到老乡家的房子即将被烧毁，以及敌人的飞机会循着火光前来轰炸，刘宴芳果断地拿起枪，跑到屋外，"啪啪啪"地连放三枪。战友们听到枪响，纷纷赶来，将大火扑灭。

在朝鲜，刘宴芳因表现优异，先后获得了个人小功一次、三等功一次，集体大功一次、二等功一次，并荣获军功章一枚，同时被批准加入中国共产党。

1953年11月7日，刘宴芳随工程总队回国，当回国的专列在冬日的阳光下驶过鸭绿江进入祖国的大门时，她想起了前后两次入朝的情形，想起了牺牲在战场上的战友，想起了清川江上抢修铁路大桥的铁道兵战士，想起了付洞火车站被炸翻的军列，心中感慨万千。2001年，她在自己的回忆录中告诫后人："要永远记住抗美援朝，永远记住烈士，一定要争先，千万不要落后

刘宴芳回国留念

呀!"

从朝鲜战场回来后,脑外伤和左眼视力下降的后遗症时常困扰着刘宴芳,致使她记忆力减退,用脑过度便会头疼,为此多方求医,遍寻无果。不少朋友得知后,劝她给组织反映一下自己的情况,争取一些国家补助,但刘宴芳总说:"和那些牺牲的战友比起来,我身上的这点痛算不上什么。"

1990年元旦,刘宴芳从太原铁路局党校退休,享受晚年生活。如今,在刘宴芳的家里,还保存着她在抗美援朝前线的立功喜报,尽管已经过去了70年,但那份喜报还依然被老人摆放在家中最显眼的位置。那里面,有她的青春芳华和她的一腔爱国之志。

后记：三个听来的故事

两年的走访，我在老同志们断断续续的讲述中，不仅知道了当年他们在朝鲜战场上的故事，还知道了和他们一起奔赴朝鲜战场的全国铁路工人有数万名，这些工人来自全国各个铁路局，到朝鲜后很快适应作战环境，其中不少人献出了生命，仅山西铁路工人就有几十名。他们是太原机务段检车员王连瑞、太原机务段司机王玉水、太原北机务段司炉马志光、太原南站车辆段检车工吕训子、太原工务段养路工李祯树、太原工务段锻工刘贵兔、太原建筑段锤工王尚武、榆次西站车号员祁希章、原平工务段养路工寇月明、太原列车段列车长崔世之、风陵渡站值班站长高亭恒、临汾电务段通讯工李振英、运城电务段通讯工长董长顺、介休工务段养路工渠丕金和运城机务段的习金等人。

同时，我还听到了三名铁路工人的故事。遗憾的是，经过一再打听和走访，他们的家人和后人我没能找到，或者他们并没有留下后人，但我还是想把这三个故事呈现给大家。因为这些故事再一次告诉我们，在朝鲜战场上的每一名铁路工人，都曾直面死亡，但在祖国最需要的时刻，他们依然选择舍弃自己的生命，战斗到最后一刻。

马志光：不要管我，你们要……

1951年的冬天，正值我军针对敌人发动的"绞杀战"进行反"绞杀战"期间，后方供应有着特殊的战略地位，粮草弹药急需送往前线。一天，太原北站机务段的陈永福、李彭德、董占文等人驾驶着机车，拉着一车军事物资跨过鸭绿江大桥，穿过黑黝黝的山谷，在通往顺德的铁道线上，向抗美援朝的前线疾驶着。

1951年6月20日 1545号包乘组欢送陈永福(二排右三)赴朝作战

陈永福他们已经赴朝作战有一些时日了，他们是1951年8月18日入朝的。入朝之后，他们很快掌握了在战场上如何驾驶机车安全运输的办法。

此刻，为了躲避敌人的不断空袭，他们像平时一样，把机车的门窗口用防空布严严实实地蒙了起来，不透露出一丝半点的光线。司机陈永福坐在驾驶室里，一边驾驶着机车，一边听着从远处传来的时断时续的枪炮声，在这些枪炮声中，他的眼前不由得浮现出自入朝以来目睹的一幕幕情景：敌人的轰炸、燃烧的乡村、毁坏的桥梁、尖叫的婴儿、呼号的阿玛尼……最后，他仿佛又看到了徒弟马志光牺牲前的情景，眼眶一下子湿了起来。

那是他们这次出发前发生在我国边境集安车站的事情。就在昨天，陈永福他们接到命令，驾驶着机车从朝鲜返回集安，然后从集安运送一批物资到朝鲜前线。于是，一直在朝鲜运送物资的陈永福，带着车班人员，回到了鸭绿江对岸的祖国，回到了集安站。

在集安站，陈永福他们车上的九名乘务人员打算利用这难得的一点点安宁时间，在宿营车上召开包乘组会议，总结经验、分析不足，为下一步往战场上运送物资做好准备。

可就在他们的会议刚刚开始一会儿，忽然，从外面传来了急骤刺耳的防空警报声。陈永福知道，敌人的飞机又要来轰炸了，于是急忙指挥大家火速离开宿营车，分头找地方隐蔽起来，待敌机走后，再回来开会。

就在他们起身来到车门口，纷纷跳下宿营车的时候，敌人的飞机便已经飞来了，并朝着地面开始了疯狂扫射和轰炸。刹那间，刚刚还宁静的集安站顿时尘土飞扬、烟柱四起，晴朗的天空也变成了灰蒙蒙的一片。

陈永福他们在敌人的扫射和轰炸中，有的躲到了机车底下、有的躲到了旁边的建筑物下。待敌人的飞机飞走后，警报解除，大家这才拍拍身上和头上的石子、土屑，返回宿营车上准备继续开会。这时，陈永福发现少了一个人，仔细一看，徒弟马志光不见了。马志光是一位青年团员，思想进步，工作积极，尤其是在朝鲜战场上运送物资，更是不惧各种危险，深受车班师傅们的喜爱。此时，想到这位年轻人可能遭到了敌人的袭击，陈永福的心不由"咯噔"一下，立刻停止开会，带着大家急忙下车去找马志光。

刚刚被敌机轰炸过的集安站，还是一片混乱，车站职工正在抓紧清理和恢复被炸的设施。陈永福和大家在还没散尽的烟雾中，一边呼喊着马志光的名字，一边焦急地寻找着他。终于，在一段被炸断的铁道线旁，大家发现了躺在血泊之中的马志光，于是一起跑上去抱起他，大声喊道："志光！志光！"

此时，年轻的马志光已经不省人事了，他紧闭着双眼，腿部和胸部以及身上其他部位的伤口还在汩汩流血，呼吸也极其微弱。陈永福看到后，心疼极了，他和大家急忙找来一块木板，抬着马志光直奔医院。

马志光的鲜血，顺着木板，滴落在去往医院的路上。

在医院，经过医务人员的紧急抢救，马志光渐渐有了一些意识，清醒过来，他费劲地睁开双眼，看着眼前一张张充满担忧又无比亲切的面庞，忍着身体的疼痛，把手轻轻抬起来，并拉住陈永福的手，吃力地说道："师父，我不行了，不要管我，你们要……"然后，他的嘴唇一张一翕，没有说完后面的话，便慢慢地松开了陈永福的手，离开了人世。

"不要管我，你们要……"

此时此刻，马志光牺牲前的最后一句话，又像针一样扎在陈永福的心中，他明白徒弟马志光未说完的那句话是什么。马志光是要他们完成任务，保障前线志愿军供给，有力消灭敌人。

列车在前进，就要靠近一个叫五老毛的车站了，陈永福慢慢将车速降了下来，接着掀开窗口防空布的一角，探出脑袋努力辨别前方的信号。这时，陈永福看到，敌人的两架飞机正盘旋在五老毛车站的上空，飞机扔下照明弹，一个接一个，从空中落到地面，把小小的五老毛车站照得一清二楚。

列车越来越接近车站了，但车站的信号灯，却没有显示，就在陈永福不知是该停车还是该前行的时候，突然听到三声音响信号。原来，车站值班员看到敌机始终盯在五老毛车站，为了防止敌人发现机车信号，就将信号灯扣在了帽子里，在陈永福他们机车接近车站时，用手指敲了三下音响信号。陈永福收到这一信号后，立刻明白这是车站值班员通知他们的机车不能在五老毛车站停靠，立刻通过。于是，他加快速度，驾驶着机车，在敌机还没反应过来的时候，疾驰着闯过了五老毛车站，向前行驶。

过了五老毛车站，是一段上坡道，在这样的坡道上，列车的速度是快不起来的，而且还要加大添煤、给足气压，这样火车才能有力气爬坡。在朝鲜，这样的坡道地段历来都是敌人的重点封锁区域。五老毛车站的这一段坡道也不例外，但陈永福早有思想准备。

为了防止机车在加大添煤时，火星顺着烟囱飞出去被敌人发现，陈永福一边提醒副司机和司炉做好爬坡的准备，一边仔细地检查了一遍车上的防空设备，在确定没有问题后，他驾驶着机车呼哧呼哧地向着坡道上爬去。这时，从机车烟囱里、气缸里排出的白色烟雾，像一条白色的绸带，顺着列车向后飘散。月光下，这些烟雾投在地面的雪地上，形成了一道长长的黑影，显眼极了。

陈永福知道，盘旋在五老毛车站上空的敌机，一定会循着这道黑影追上自己的机车。为了抢在敌机到来前驶离这段坡道，陈永福加快了机车速度。谁知就在整列车快要爬到坡顶的时候，两架敌机顺着烟雾，飞了过来，穷追不舍。

如果不想办法摆脱掉它们，列车一旦全部爬到坡顶，必会完全暴露在对方的视野中，那样就会遭到敌机的轰炸。

想到这里，陈永福再次对副司机和司炉喊道：加大给气！顶住压力！然后驾驶着机车，控制着速度，向坡顶行驶。列车在白色蒸汽的包围中，爬上坡顶，接着轰隆隆地驶向坡下。

此时，敌人的子弹穿过白色的蒸汽，犹如下雨一般从空中扫射下来，落在机车上，擦出了道道火花。陈永福知道，这是敌人在飞机上进行盲扫，而且离他们的距离已经很近了，如果等敌机清楚地看到机车的位置，然后再进行轰炸，那后果就不堪设想了。于是，他趁着两架敌机到前面掉头的机会，让司炉抓紧往炉膛内填了几锹煤，旋即关上气门和风泵，这时，刚才那道白色的烟雾不见了，只留下一团团与夜空颜色一样的黑褐色浓烟，飘在夜空中，与夜色融为一体。

敌人的飞机从前面掉头回来后，发现下方漆黑一片，刚才的"目标"不见了踪影，于是气恼地朝地面投下几颗炸弹，轰炸起来。而此时，陈永福他们已经驾驶着机车行驶到山坡下了，安全地隐蔽了起来，等待着前方的战斗命令。

夜色中，陈永福看着远处那两架被甩掉的敌机，又想起了徒弟马志光牺牲前说的话："不要管我，你们要……"于是，他在心里暗暗发誓：放心吧，志光，我们一定会完成任务，保障前线志愿军供给，有力消灭敌人的。

梁宝桐：我是团员，让我去吧

在朝鲜战场上，危险，随时随地都有可能向铁路工人袭来，但无论面对多么大的危险，他们每一个人都做好了献出一切的准备。

1952年5月的一天晚上，在朝鲜东北里车站运转室，大家正围在一起讨论安全运输的保障措施，这时，桌上的电话铃猛地响了起来。军事代表上前拿起耳机，还没等他开口，便听见一个十分急促的声音从耳机里传了出来：东北里，东北里，我是马兰站，这里有一节弹药车遭到敌机的轰炸，请你们赶快派机车救援，赶快！……

电话耳机里的声音，瞬间传遍了东北里车站运转室，在场的每一个人，心都提到了嗓子眼儿，他们都知道，马兰车站此刻面临着巨大的危险。

"让我去救援吧！"人群中，传来一个年轻人的声音。大家循着声音一看，主动报名的是来自大同车务段的梁宝桐。

梁宝桐是大同车务段口泉站的一名职工，1951年7月，他与同事戴永福作为单位的第一批志愿赴朝职工，来到朝鲜，分配在东北里车站工作。东北里车站位于西浦和顺川中间，平时去往平壤的列车大多从这里经过。到朝鲜后，梁宝桐在工作中处处身体力行，几次生病都不休息，坚持带病工作。此刻，当他听到马兰车站有危险时，又第一个站了出来。

昏暗的灯光下，军事代表看着梁宝桐那因久病而苍白的面容，无不爱惜地说道："不，小梁同志，你不能去，因为你的身体还没康复。"

梁宝桐知道这是军事代表关心爱护自己的身体，但作为一名青年团员，自己在危险时刻，决不能后退。想到这里，他态度坚决地对军事代表说："我是团员，让我去吧，马兰站有危险，我应该去！"

军事代表看着眼前这个可爱的年轻人，眼圈不由得红了起来，他使劲地拍了拍梁宝桐的肩膀，点点头，答应了他的请求。

很快，梁宝桐和军事代表，以及另外一名朝鲜司机登上一台机车，朝马兰车站疾飞猛驶而去。驾驶室内，朝鲜司机紧握手闸，全神贯注地开车；军事代表探出身子，在夜幕中望着前方；年轻的梁宝桐则笔直地站在机车前面的排障器上，瞭望着远处马兰站的情况。

马兰车站坐落在距离东北里车站不远的一个山坳里，此时，车站两旁的房子都着起了大火，车站上空几乎成了一片火海，站在机车前面的梁宝桐远远地就看到马兰站那冲天的火光。

机车呼啸着驶进马兰车站，还没等车完全停稳，梁宝桐便纵身一跃，从车上跳了下来，然后朝着车站股道上那列因遭受敌机轰炸正在燃烧的列车跑去。

这时，还在马兰站上空来回盘旋的敌机，发现了前来救援机车的梁宝桐他们，为了阻止救援，敌机对着地面再次扫射起来。此刻，从空中射下来的子弹和从正在燃烧的车厢里蹦出来的子弹，在梁宝桐的身旁飞来飞去。

情急之下，梁宝桐卧倒在地，朝前面的火海爬去。他知道，如果不抓紧时间将起火的车厢甩开，把其他的车厢拉走，那么整趟列车的弹药就会很快被引燃，接着发生连续爆炸，那样，不但马兰站会被夷为平地，而且战场上也会损失一批弹药。因此，他一边躲避着飞来的子弹，一边朝前面爬去。

可是，久病未愈的梁宝桐身体实在是太虚弱了，再加上进入火海后，四周烟熏火燎，呛着他，烤着他，当他爬到第三节车厢时，便觉得眼前一阵发黑，天旋地转起来。但此刻，梁宝桐清楚地知道自己还未完成任务，不能倒下。于是，他定了定神，紧咬牙关，用双脚使劲蹬着股道间的枕木和道砟，拼尽全身的力气往前爬去。

很快，被火海包围的梁宝桐，不仅衣服被磨破了，就连双手也被磨出了鲜血。当他奋不顾身地爬到那节燃烧着熊熊烈火的车厢前，刚要站起来去摘掉这节车厢时，风卷着火舌又无情地舔向他的脸和胸膛。

他的衣服被烧着了，他的眉毛被烧着了……

但年轻的梁宝桐根本顾不上这些，他像一个火人一样，在子弹和火舌的夹击下，猛地站起来，摇晃了两下身子，然后扑到那节燃烧的车厢前，使出全身的力气，抬起右脚，"啪"的一声关住车辆的折角塞门，接着又"咣当"一下踢开提钩杆，熟练地将已经燃烧的那节车厢与其他车厢分离开。

这时，军事代表便和朝鲜司机已经在前面将机车与车厢挂好了。

"快开车——"梁宝桐拼尽全力朝军事代表和朝鲜司机喊道，随着"快开车"三个字喊出来，梁宝桐也重重地一头栽倒在地上。

弥漫着硝烟的火海中，军事代表和朝鲜司机一起跑过来，含着热泪将梁宝桐抱回机车上。

机车，很快拉着没有燃烧的弹药车驶出马兰站，穿过火海，跨过大桥，安全地向着远处黑黝黝的大山中驶去。

王文山：如果我牺牲了，你们再接替我

中秋节很快来到了，赴朝作战的铁路职工来不及思念自己的家人，便投入更加猛烈的战斗中。

1952年秋天的一个清晨，敌人的飞机又到渔波站来轰炸了。渔波站距离著名的打不烂、炸不断的钢铁运输线只有两三里。这里两头有山，中间有洞，来往的机车一般都会在这里隐蔽、休息，因此，这里也就成了敌人的重点封锁区。每天，敌人的飞机都会到这里进行数次轰炸，投下的炸药更是不计其数。

这一天，又有六列火车在天亮后进入渔波站的山洞内隐蔽，其中一列是运送汽油的列车。

敌人似乎侦察到了渔波站当日有如此之多的列车在山洞内隐

蔽，于是组织多架飞机，到山洞口进行轮番轰炸。在轰炸中，渔波站内的股道，也全部被炸毁。

敌机走后，大同工务段的职工王文山立即跑出山洞，准备带人抢修线路。忽然，他发现一枚一人多高的重型定时炸弹落在洞口，距离洞口最近的一列火车，只有十几米远。

只见那枚重型定时炸弹一头插在土里，一头倒在钢轨上，并忽闪着绿色的冷光，像一头凶狠的野兽盘踞在那里，企图拦住火车出洞前行。

经验丰富的王文山一看这种情况，猛地倒吸一口冷气，因为他敏锐地意识到，这是敌人要炸毁距离洞口较近的那列火车，而那列火车上，运载的是满满的汽油，一旦被炸，车上的汽油就会燃烧，大火就会蔓延到洞内，烧毁此刻正在洞内隐蔽的其他五列火车，造成的损失将不可估量。

想到这里，王文山快步朝车站跑去，准备向车站军事代表报告此事，但他刚跑出没几步，便又停了下来。他想，此刻炸弹在车底下多待一秒钟，这里所有的人员、机车和车辆就多一秒钟的危险。

不，不能耽搁，我必须马上把这枚炸弹转移到其他地方，保证山洞内人员和列车的安全。想到这里，王文上又折回了身子，轻轻靠近那枚定时炸弹，双眼紧紧盯着上面的绿光。

此时，他的心怦怦直跳，出国前那庄严的宣誓也不由得浮现在他的脑海。他知道，考验自己的时刻到了。

这时，山洞内的其他人也走了过来，他们同时看到那枚重型定时炸弹，看到王文山正慢慢靠近它。

"文山，危险，快躲开！"有人在惊讶中脱口喊了出来。

"同志们，不要怕，我们一定要把它转移出去。"王文山手指那枚炸弹，扭头对大家说道。

经王文山这么一说，大家立刻攥紧拳头，眼里也随之迸射着愤怒的目光，一齐说道："对，干掉它！"

大家很快拿来铁丝和绳子，准备将这枚炸弹拖到远处的安全区。可是，定时炸弹随时都有爆炸的危险，谁去捆绑这枚足足六七十厘米粗的炸弹呢？正在大家互相争着要去的时候，只见王文山走过来，三下两下把自己身上的外套脱掉，扔给大家，然后掷地有声地对大伙儿说道："不要争了，我去！"说完，他扛起铁丝和绳子，飞一样地朝炸弹跑去。

大家担心他的安全，急忙跟在后面，一齐朝那枚炸弹跑去，王文山发现后，立刻回头大声制止道："同志们，危险！快回去！快回去！用不了这么多人，如果我牺牲了，你们再接替我！"

说着，王文山跑到炸弹跟前，俯身将耳朵贴近引火帽，只听见炸弹里面传出"哗哗哗"的声音，像开了锅的热水一样。

不好！这是炸弹要爆炸的信号！王文山的心剧烈地跳动起来，他迅速将绳子套在定时炸弹上，并紧了紧绳扣，然后挥起胳膊，将绳子的另一头，远远地朝大家扔了过去，并大声喊道："快拉绳子！"

大伙儿听到王文山的喊声后，急忙使劲拽起绳子的一端，往远处拉去。王文山这时则蹲下身子，双手抱着炸弹，配合大家一起用力。

只听"呼"的一声，那枚重型定时炸弹像萝卜一样从洞口处的钢轨旁拔了出来。紧接着，大家憋足了劲，拉着炸弹朝远处的一片山谷方向奔去。

10米、8米、6米，眼看就要到安全区了，这时，炸弹上的引火帽突然"噗"的一声冒出一股黑烟。

"不好，炸弹要爆炸！同志们快闪开！"王文山边喊边使出浑身力气将炸弹推向远处。几乎在同一时刻，山谷中响起了定时炸弹闷雷般的爆炸声……

这三个故事，是我从受访的老同志们那里听来的，我相信，当年战斗在朝鲜的铁路职工中，还有很多人是我没有走访到的，我也将会在今后的文学创作中继续关注他们，因为他们的英勇故事，是我们中国好故事的一部分。

由于距离抗美援朝入朝作战已有70多年，且老同志们记忆力减退，加上自己的水平有限，书中难免存在不足，敬请读者谅解。

林小静
写于山西太原

参考文献

［1］韩龙文.中国人民志愿军抗美援朝战争史［M］.北京:军事译文出版社,1992.

［2］铁道部档案史志中心.抗美援朝战争铁路抢修抢运史［M］.北京:中国铁道出版社,1999.

［3］《抗美援朝抢修铁路史》编纂委员会.中国人民志愿军铁道工程总队抗美援朝抢修铁路史［M］.北京:中国铁道出版社,2004.